LE PAIN
AU LIÈVRE

Joseph Cressot

Le pain au lièvre

PRÉFACE DE JEAN GUÉHENNO
DE L'ACADÉMIE FRANÇAISE

FRANCE LOISIRS
123, boulevard de Grenelle, Paris

Édition du Club France Loisirs, Paris,
avec l'autorisation des Éditions Stock.

ISBN 2-7242-3260-7

Préface

J'ai souvent pensé que tout homme portait en lui un livre qu'il pourrait écrire rien qu'en parlant tout près de lui-même, de ce que furent ses rapports avec les choses et les êtres, de ses amours, de son travail, de son métier, à la condition, bien sûr, qu'il ait eu la chance d'avoir un peu appris à mettre en ordre ses souvenirs, à reconnaître ce qui l'a fait, lui, un individu entre tous les autres, et qu'il soit capable d'une totale vérité, n'ait aucun souci de la *littérature*, mais seulement, à l'exemple d'un Stendhal, d'être à chaque instant absolument exact vis-à-vis de lui-même et des autres. Quelle émouvante bibliothèque composeraient des livres de cette sorte, des témoignages directs, authentiques et sincères.

Le livre de Joseph Cressot est sûrement l'un de ces livres-là. Il eut un grand succès dans les années 40, plus de cinquante éditions. Il sembla à d'innombrables lecteurs qu'il leur parlait d'eux-mêmes, de la campagne telle qu'ils l'avaient connue, dans laquelle ils avaient grandi et que les techniques nouvelles peut-être allaient détruire. Les instituteurs surtout s'y reconnurent. J'entends dire qu'ils le réclament encore chez les libraires. On devait le réimprimer, et j'ai grand plaisir à écrire cette préface.

Il est remarquable que tout ce livre est écrit à l'imparfait et évoque les campagnes, les villages, tout un monde d'autrefois, des années 1900, et avec d'autant plus de tendresse que son auteur le sent menacé et peut-être en train de disparaître.

Joseph Cressot avait été lui-même, toute sa vie, un maître de l'enseignement primaire. Il était né dans la Haute-Marne, du côté de Langres, dans un vieux petit village à l'écart des grandes routes et qui, depuis toujours, devait se suffire et vivre sur lui-même. Il était le second fils d'une famille pauvre, et son père aurait bien voulu le retenir près de lui, et lui dit seulement quand il partit à son tour : « Quoi que vous fassiez, n'oubliez jamais d'où vous venez. » Joseph Cressot n'a jamais oublié. *Le pain au lièvre* est sa réponse. Le voici élève d'une de ces Écoles Normales dont on peut bien dire qu'elles firent la République, instituteur, puis élève de l'École de Saint-Cloud, puis inspecteur primaire, puis soldat, comme nous tous, dans les années 14, puis directeur d'école, puis inspecteur général. Vint la retraite. Il avait écrit toute sa vie, un peu chaque jour, s'y contraignant, ne fût-ce qu'une ou deux phrases, comme pour se faire la main. *Le pain au lièvre*, il l'a écrit sept ou huit fois, jamais content, ne le trouvant jamais aussi exact, aussi fidèle, aussi beau que le méritaient ses souvenirs.

Les gens de mon âge sont bien émus à le lire. J'y trouve le même plaisir que, tout récemment, j'éprouvais en visitant ce Musée des Arts et des Traditions Populaires qu'on a déménagé à la Porte Maillot et où l'on a tout autour de soi la plus profonde, la plus commune histoire, l'histoire des hommes qu'on oublie, l'histoire des hommes sans histoire, leurs vieux outils, leurs vieux habits, des pots, des casseroles, des fouets, des vielles, dont ils ont fait quelquefois de merveilleux objets. L'odeur et l'air du temps sont là. Je les retrouve aussi dans *Le pain au lièvre*. Quelle poésie dans ce titre seulement ! C'est le nom qu'au pays de Langres on donnait au « croûton durci » qu'au retour du père, le soir, les enfants cherchaient et trouvaient au fond de sa hotte, sous les mousserons, les fraises, les noix fraîches. Joseph Cressot dit avoir composé son livre des miettes de ces souvenirs. Nous nous souvenons avec lui. On peut avoir, comme lui, gardé les vaches, baratté le lait pour le beurre, appris l'art d'allumer le feu, battu au fléau le blé noir, couru en sabots, préparé, les jours de neige, des glissades, chauffé le four pour le pain. Ah ! le pain ! « Le pain était sacré », en ce temps-là.

Mais il est bien sûr qu'on ne saurait parler de ces choses comme lui, non pas seulement parce que tout, dans ce livre, devient en quelque sorte intérieur, mais parce qu'on ne trouverait pas même les mots pour les nommer. L'un des plus grands charmes du livre est dans son vocabulaire même. Quelle richesse et quelle saveur ! Jamais n'ai-je été aussi frappé par l'appauvrissement de notre langue. L'abstraction de nos vies la réduit tous les jours d'une façon incroyable. Que de mots nous sommes en train d'oublier, et, en les perdant, nous perdons aussi peut-être notre monde. Nous entrons dans on ne sait quelle barbarie. Quelles dictées sûrement difficiles mais merveilleuses les petits enfants devaient faire en ce temps-là ! C'est donc là le langage que les instituteurs enseignaient ! Ils n'avaient jamais fini de tout nommer et par suite de tout révéler, pour tout faire comprendre. Les instituteurs devaient naturellement faire un bel accueil à ce livre. M. Joseph

Cressot avait été sûrement lui-même un admirable maître. Quelques-unes des pages les plus émouvantes sont celles qu'il consacre à l'école de sa jeunesse. Tout n'y était pas gai. Il parle avec humour et sans rancune des punitions, des retenues, des leçons à copier, des verbes qu'il fallait conjuguer en colonnes : « J'avais causé... Je causerai... Cause ! » Mais on « faisait des dictées sans faute, on résolvait toutes les races de problèmes ». Et Joseph Cressot sur ce point peut écrire en 1940 : « J'ai encore des cahiers de mon père qui pourraient faire envie à bien des collégiens d'aujourd'hui. » Que dirait-il en 1973 ? Il conclut : « On ne saurait croire ce que la succession de deux ou trois hommes peut faire d'ombre et de lumière autour d'une école, et cela pour cent ans ! »

On devine que ce livre, qui évoque un autre âge que Joseph Cressot appelle une fois plaisamment « l'âge du chanvre », est pourtant le plus actuel des livres, si aucun ne peut nous faire mieux sentir la gravité de la crise que nous traversons. Il n'évoque qu'une terre « qui pouvait faire vivre, peut-être un peu petitement ». Mais cela « faisait des gens menus d'une incroyable résistance ». « L'âge du chanvre » avait du bon. C'était un siècle de rude étoffe. On y avait du caractère et de la volonté. Joseph Cressot rencontre des formules heureuses et parlantes comme des maximes. A propos des oranges de Noël qui duraient longtemps, et qu'à force de ménager on oubliait et laissait se dessécher : « On se promettait alors, écrit-il, une sagesse plus avisée... Mais comme il est difficile de renoncer à l'épargne, quand on en vit. » Cette sagesse était celle d'un monde pauvre. Mais on vivait tout près de la nature. On mesurait la terre en *journaux*, en journées de travail qu'il faut pour la travailler ou la moissonner. Pour le savoir, il pouvait être court, mais il était solide. Joseph Cressot, dès les années 40, se risquait à écrire : « Oui, nos parents n'étaient pas des bêtes. » Le comble est qu'il faut une sorte de courage pour le crier aujourd'hui. Que de métiers perdus, parce que nous n'avons plus de rapports vrais avec la matière des choses ! Après l'âge du chanvre, on peut craindre d'entrer dans l'âge du simili. Nous ne voulons plus qu'être riches. La richesse ne fait pas la qualité de la vie. J'ai souvent pensé, et je le pense toujours, qu'il faut un cœur tout neuf pour se rendre maître de l'avenir. « Sois un homme nouveau », recommande Jean-Jacques. Mais il faut se rendre aussi à la réalité, à la nature, et je n'ai jamais non plus cessé de penser qu'il ne peut y avoir de rupture et que ce n'est jamais qu'avec de vieux cœurs qu'on fait des cœurs tout neufs. Des uns aux autres, c'est toujours le même sang, le même homme. Jamais n'avons-nous été aussi partagés entre le passé et l'avenir. La mauvaise toile du monde est partout déchirée. J'ai appris de ma nourrice, quand j'étais, comme Joseph Cressot, un petit roi en sabots, que, chaque matin, on ne rallume bien le feu que sur des cendres. Des hommes sans mémoire ne seraient plus rien, et l'on ne peut bien concevoir tout ce que peut être la grandeur de l'avenir que si la grandeur du passé nous inspire.

J'ai souvent pensé en lisant ce livre à un autre Langrois, au fils du coutelier de Langres, à Diderot. Comme ils sont bien du même pays ! Tous deux appelaient leur tante « sœurette ». Certes le mouvement de l'esprit n'est pas le même, mais c'est la même solidité, la même force humaine, la même ardeur à vivre et à penser pour les autres. Personne n'eut autant que

Diderot le sens de l'avenir. Rien de nos inventions, de nos machines ne le surprendrait. Mais il savait aussi bien la valeur de ces vieux métiers que décrivent et illustrent les admirables planches de l'Encyclopédie. Nul ne sut mieux aller du passé à l'avenir. J'ai relu ces lettres délicieuses qu'en 1759 il écrivait de Langres à Mlle Volland. Son père venait de mourir. « Ô mon amie, écrivait-il, quelle tâche mon père m'a imposée, si je veux jamais mériter les hommages qu'on rend à sa mémoire. » C'est ainsi que nous parle Joseph Cressot.

Jean GUÉHENNO
de l'*Académie française*.

Le pain au lièvre

Quand nous étions petits, le soir, nous guettions le retour du père.

Qu'y avait-il pour nous, dans sa hotte, sous l'herbe des lapins ?

C'était, au gré des jours et des saisons, la poignée de mousserons, le bouquet de fraises, la grenouille ficelée de joncs, la plume de geai, les noix fraîches... c'était, presque toujours, le mystérieux PAIN AU LIÈVRE.

Croûton durci, reste d'un goûter dans la vigne, nous le grignotions avec délices. Son nom furtif et sauvage le parfumait d'inconnu ; son nom le faisait friandise pour notre créance ingénue.

Dans la hotte aux souvenirs, j'en ai retrouvé des miettes : les voici.

A ceux qui ont un village, à ceux qui l'ont quitté et qui l'aiment toujours, puissent-elles donner le plaisir des images familières.

A ceux qui n'ont pu connaître la terre, puissent-elles inspirer quelque amitié pour les choses et les gens de nos campagnes.

Mon village

Il est quelque part, entre les pays de la Meuse et ceux de la Saône. Pour lui, comme pour des centaines d'autres, le soleil se couche derrière la barrière tendue d'un haut pays.

Imaginez, en bas de ce rude talus tout festonné de vallons, l'étroit promontoire qu'en des jours lointains, pour ce village inconnu, des hommes ont choisi.

Ils y trouvaient sûreté pour les gens, au-dessus de la roche à pic ; ils y trouvaient l'eau magnifique, égale en toute saison, de sources vives, et, à l'entour, une terre qui peut faire vivre quand on vit petitement.

De tous côtés, sauf du couchant, on monte pour arriver chez nous. Les chemins longent les vallons et les combes ; ils passent les ponts et se haussent vers les maisons. Les parapets et les vieux murs le savent bien : ils ont accueilli tant de vieux et de vieilles, posant la hotte et reprenant leur souffle, avant la dernière côte.

Comme la nervure d'une feuille, la grand-rue suit l'arête, distribuant ses ruelles à droite et à gauche. Les maisons se font face, souvent accolées, mais sans souci d'alignement, chacune avec ses cours et courettes, ses fumiers gras ou maigres, également négligés, et ses trois portes jointes : cuisine, étable et grange.

Point d'étage, mais tout de suite au-dessus des greniers les pesantes toitures de *laves,* grises, moussues et parfois rapiécées de clair. Ici et là, le rouge tout neuf de la tuile. De l'ardoise bleue sur le château seulement et sur les huit pans du clocher qui regarde la place et le cimetière.

Sur la place, une fontaine ronde à colonne, cernée d'un abreuvoir et dont l'urne de pierre reçoit un *mai de fayard*, comme les filles. Quatre fois par jour, les troupeaux lui font une couronne de mufles ruisselants, pendant qu'à côté sonnent les battoirs des laveuses.

En ce temps-là mon village comptait quatre-vingts familles, plus de trois cents âmes, dont il garde à peine la moitié.

Il avait les artisans qu'il faut quand la ville est à cinq lieues et que le train est une chose qui coûte cher. Ici donc le maréchal qui est aussi charron et serrurier, le menuisier et le maçon, le cordonnier et les sabotiers, les tisserands et le foulon, les meuniers pour le blé et l'orge, et même un rebouteur fameux, dont on venait de dix lieues éprouver les pouces infaillibles.

Mais le gros des gens, c'étaient des vignerons et des laboureurs : ceux-ci avec chevaux et voitures, ceux-là avec leur dos pour la hotte, leur épaule pour la pioche et leurs bras pour la brouette. Point de riches, vraiment, ni de tout à fait pauvres, tous travaillant dur, du 1er janvier à la Saint-Sylvestre, pour joindre les deux bouts sans trop bien vivre.

Chaque groupe est nécessaire à l'autre : le laboureur donne les façons aux champs, sème et charroie ; le vigneron rend cela en journées de fenaison et de moisson, de pommes de terre et de battage. On compte à la Saint-Martin et souvent on se trouve quittes. Bien des familles étaient ainsi appareillées, depuis des générations. Il y avait : *mon* laboureur et : *mon* manouvrier ; cela finissait par faire une amitié, bien qu'en soi-même chacun sache toujours qui est dessus et qui est dessous.

Pourquoi Pierre a des chevaux et pourquoi Paul n'en a pas, cela se perd dans la nuit des temps et des mémoires. Quelle vertu ou quelle chance en ont décidé, peu importe. Le sol l'a peut-être voulu, puisque ici même une cassure de la vieille écorce à mis côte à côte deux terroirs contraires.

Au nord, une lourde terre d'herbue, sans haies ni cailloux, dont les molles ondulations semblent faites pour le fourrage et le blé, et les creux pour la prairie ; au midi, des pentes sèches où la pierre est partout : pierraille innombrable, mêlée à la terre, nez de roche pointant dans la friche, dalles plates que lève le pic et qui laissent une pincée de terre rouge. L'inconcevable patience des ancêtres avait entassé la pierre en longues murailles grises, en énormes *mergers* ronds, creusés de cabanes et dont le dos se drape maintenant de ronces, de houblon ensauvagé et de ceps qui ne veulent pas mourir.

Entre les pierres, il y avait de la vigne, de la vigne encore sur le sablon des côtes, plus de la moitié du finage, et, que les vignerons aient pu vivre de la vigne comme dans les pays où elle est seule et reine, je ne le crois pas. Mais chacun avait quelques bouts de champ, un coin de pré et de jardin ; il élevait une vache, des moutons qui tondaient les friches, et ses vignes, à défaut de vin, donnaient des raves et des haricots.

Si l'on ajoute les perches et les fagots du bois communal, les noix des noyers et le chanvre des chènevières, et jusqu'aux épines des haies, incomparables pour chauffer le four, on comprend mieux que les plus pauvres n'aient jamais été misérables, qu'ils aient réussi à vivre presque sans argent, à élever des enfants sans faire de dettes. Les bons pays d'en bas vivaient plus grassement, mais il y avait chez nous plus d'écus chez le notaire, à en croire les gémissements quand le « Panama » les mit en fumée.

Mon village a perdu ses vignerons et ses vignes. Les laboureurs prennent ce qui leur plaît dans ce que disperse chaque départ. Le reste — ce que mille ans de dos courbés et de mains calleuses avaient gagné sur la friche — la friche le reprend. Rassemblons, pendant qu'il en est temps encore, quelques images de ce passé à la fois si proche et si lointain, images de travaux et de fêtes, de bêtes et de gens, images du premier univers d'un petit garçon en sabots !

Fenaison d'automne

C'est le regain, qui suit le foin. Récolte hasardeuse, suivant le temps de la fenaison, l'été frais ou brûlant, sec ou mouillé, suivant le pré, gras ou maigre, et les chances de soleil en septembre.

Plus rien qui ressemble à la folle montée des herbes en mai, à la houle des graminées grises et violettes, au foisonnement des boutons-d'or et des marguerites, des ciguës et des berces. Sur le pré tondu, c'est une toison égale et serrée, plus de feuilles que de tiges, un velours à peine moucheté de jaune et de rose et qu'il faut saisir pendant que le soleil garde un reste d'ardeur, pendant que les pluies d'équinoxe restent suspendues.

On part au petit jour, dans la fraîcheur glacée, après l'omelette sautée sur une poignée de sarments, le verre de piquette et le café qui remet le cœur d'aplomb. Les sabots sonnent sur le chemin, la pierre tinte dans sa corne et le soleil blanchit derrière les peupliers.

Quand on est bon premier, il faut d'abord retrouver son pré. Telle touffe de saule fait « bout et rive », et voici encore la branche feuillue, piquée en juin, qui donne l'alignement.

La faux sur l'épaule et les yeux fixes, le père va tout droit de l'un à l'autre signal ; sa trace foulée dessine le pré. Il revient pour le premier andain, qui n'est pas pour les novices, car s'il est bête d'en laisser au voisin, il est maladroit d'avoir à lui en rendre.

Les faux sont fraîchement battues. C'est le dernier ouvrage du soir quand le village entier tinte au choc pressé des marteaux. Chacun sait qu'on ne bat pas une faux pour le regain comme on bat une faux pour le blé. Celle-ci attaque le chaume comme une scie ; celle-là tranche comme le bistouri ; il lui faut un fil délicat modelé à petits coups et que la pierre achève.

Rien de plus simple que de faucher : les jambes écartées, le buste un peu penché, la main gauche au bout du *fauchet*, la droite à la poignée du milieu, le faucheur promène sa lame de droite à gauche et rase l'herbe sans effort. Mais que de surprises pour l'apprenti ! Au premier coup, le bec de la faux se fiche en terre... je le relève et il file sur l'herbe, comme une couleuvre. Si je mords à plein, me voilà freiné et je laisse un ourlet... pour l'an prochain ; si je suis plus discret, mon élan m'emporte à vide et me harasse. Andain trop large, à bout de bras — pourquoi pas tout le pré ? — mes flancs vont protester ; andain d'avare, je ne puis plus me déployer et mes bras s'impatientent.

Le vrai faucheur trouve l'équilibre et la mesure sans les chercher ; il compte avec la terre et avec l'herbe, avec sa faux et avec l'heure, avec l'humeur de son compagnon et avec son propre courage. Cela sans y songer ; quelque chose en lui ajuste tout sans qu'il s'en mêle.

Il y a des prés si doux, si unis et dont l'herbe est si égale que les bras vont tout seuls et qu'on s'endormirait au rythme alterné, soyeux et sifflant des lames. Mais il faut toujours craindre le brusque réveil de la taupinière. Durcie, elle vous bloque et fait crier la faux, ployée sur son arête ; molle, elle émousse le tranchant, et quand on a bien juré, il faut aiguiser.

Ne parlons pas de ces prés diaboliques, travaillés par la taupe et le mulot, tout en creux et bosses. Craignons les abords de la haie, la branche morte, la ronce traînante, le rejet d'épine et de caillou. Plus rien de ce balancement égal du corps et des bras ; il y faut aller à petits coups, prudents et nerveux, tailler haut, tourner l'obstacle, serrer les poignets... beaucoup de peine pour peu de profit !

Les faucheurs avancent lentement, en échelon. Les andains s'allongent, tournent, se replient. Le pied d'avant qui piète, le pied d'arrière qui traîne, dessinent deux rubans jumeaux.

De temps en temps, l'on s'arrête pour aiguiser. Il y a deux écoles : celle des farauds, qui dressent la lame brillante, la calent sous le bras gauche et la font chanter sous la pierre ; celle des simples et des perclus qui font l'économie d'un redressement, baissent le nez vers la faux et lui sonnent une musique plus sourde. De toute façon, la mesure est la même : coups pressés, dessus, dessous, refaisant le tranchant, coups plus longs, parachevant la besogne et, pour finir, un dernier qui s'attarde, relevant le fil.

On ne fauche bien que le matin. L'herbe lourde et comme endormie ne se défend pas. Quand les jointures raidies et les muscles endoloris ont retrouvé leur souplesse, quand la faux a toute sa finesse et en bon pré, on voit se rétrécir la tâche et foisonner les andains. On se hâte ; un soleil blanc monte et les peupliers replient leur ombre tournante. La rosée a séché sur les lames et les sabots ; pour saisir l'herbe, il va falloir lancer la faux et roidir les poignets. Le vieux feutre a rejoint le gilet sur le pré, la sueur brouille les yeux ; on songe à la trochée de saule où la bouteille d'eau rougie se garde au frais.

Enfin, voici les femmes et les petits, les fourches et les râteaux, et parfois, le dîner dans la hotte ou le panier. Après un dernier andain, quel plaisir de s'asseoir à mi-ombre et mi-soleil, de faire cercle autour du chaudron ! La potée est là, les fèves et les pommes de terre, le lard rose partagé dans le couvercle, le fromage blanc à l'échalote, les poires d'été.

Regain éparpillé, retourné, ramassé en meulons gros comme des corbeilles à pain, retourné demain encore, et, si le soleil et le vent l'ont voulu, devenu cheveu léger et frisé, bruissant et craquant, fuyant du chariot malgré ridelles et échelles, et qu'on aura bien du mal à mener parmi les cahots et les claquements d'essieux, jusqu'au grenier. Heureuse fortune si l'on songe à celui qui, noyé d'averses et de bruines, n'échappera à la moisissure malodorante que pour s'en aller jaunir sur une friche haute, dans l'espoir de l'éclaircie !

On fane toujours, on fauche encore. Mais l'homme et la faux sont partis et les machines sont venues. La faucheuse va, dans un bruit de moulin à café et de mitrailleuse lointaine, pendant qu'à son conducteur, dans sa cuvette à jour, il ne manque qu'un rond de cuir. Aux fourches et aux râteaux qui s'escrimaient dans un vol de coiffes, on a substitué les griffes épileptiques de la faneuse et les côtes vacillantes du râteau mécanique. On a moins de mal, mais le mal qu'on se donnait, était-ce un mal ?

Sur la prairie, l'un après l'autre, s'effacent les rectangles verts ; après les andains, les petits tas, puis les grosses meules, puis le chariot qui s'éloigne.

Encore un jour, et sur le velours pâli, il n'y aura plus rien, plus rien que les saules épars et la flamme mauve des premières *veilleuses*. Encore un jour, et les prés s'ouvriront aux chiens bondissants, aux troupeaux assemblés et aux jeux des pastoureaux.

Pastoureaux

« Tu ne seras jamais bon qu'à garder les vaches... et encore ! » Ainsi grondait mon père quand je m'étais montré plus sot qu'à l'ordinaire.

Les vaches, je les ai gardées, de Pâques à la Toussaint, et ce beau métier m'a laissé des souvenirs : longues heures solitaires dans des pâtis perdus, courses en sabots à travers les éteules, retours ruisselants sous l'averse, dans l'éblouissement des éclairs, jeux et lectures si passionnants que j'en oubliais les vaches et le garde champêtre... Mais ce que me rappellent aujourd'hui les feuilles d'or qui descendent des peupliers, ce sont les derniers jours d'octobre dans les prés ouverts à la vaine pâture.

La dernière charrette de regain cahotait encore dans les ornières que nous nous demandions si le tambour n'allait pas bientôt donner le signal. Nous maudissions ces retardataires qui ne savent ni faucher à temps ni sécher leur herbe. D'une année à l'autre, nous espérions cette fête : le rassemblement de tous les troupeaux dans la prairie. Je ne sais quel plaisir y prenaient les vaches et leurs veaux, mais le nôtre... Comment le dire !

En ces jours d'automne où la rosée s'en va tard et revient tôt, on ne sortait les bêtes qu'une fois. Nous partions vers les neuf heures, pour rentrer à la brume. Je revois les préparatifs : la blouse et le cache-nez qu'imposait la prudence maternelle, les provisions du goûter : le gros croûton, les noix et les pommes, le reste de lard froid, tout cela noué dans la manche de la blouse... Et puis les choses vraiment nécessaires : le couteau, les allumettes, la ficelle, la mèche de chanvre peigné.

Les vaches connaissaient le chemin ; elles tournaient sur la place, trempaient en passant leur mufle dans la fontaine et descendaient vers les prés. Le ruisseau coulait limpide et froid, enfermant dans sa boucle de saules et de peupliers ce Pré-Rond qui nous semblait immense. Tous les gamins s'y retrouvaient ; le nouvel arrivant poussait ses bêtes vers un coin familier ou les laissait à leur fantaisie. L'important était de courir vers les camarades.

Heureusement il y avait de vrais gardiens : les vieux, qui ne s'écartent point de leur unique bête, les sauvages, les prudents. Les femmes et les filles se serraient à l'abri du vent, derrière une touffe de saule. Les langues et les aiguilles y trottaient, mais nous ne hantions guère ce lieu redoutable. Notre heure n'était pas encore venue, l'heure où le garçon devenu muet, préfère le peloton de laine d'une fille à toutes les balles du jeu de paume.

Nous jouions donc à la paume, ou plutôt à la *trouille*, qui ressemble comme une petite sœur rustique au golf des Anglais. Il y avait un pot, des trous alentour, des balles taillées dans un scion d'épine et des crosses magnifiques, arrachées à la tête des saules.

Nous avions aussi pelote et saute-mouton, courses et colin-maillard, jeux de *chiques* et de noix, balançoires aux branches nouées d'arbres jumeaux, barrages, écluses et moulins.

— Mais, me direz-vous, que devenaient donc vos ouailles ?

— Elles devenaient ce qu'elles pouvaient. Parfois, une bonne âme de tante ou de marraine veillait sur elles, mais il n'était guère de journée sans émotions.

La plus commune était d'avoir perdu ses vaches. On y songeait soudain, on promenait sur l'étendue un regard sourcilleux, et l'on ne retrouvait plus la constellation familière que faisaient tout à l'heure encore la Blonde, la Roussotte et la Barelle. Alors, on lâchait tout, et pieds déchaux, on galopait. Quel soulagement que de retrouver les bonne bêtes à un coude de la rivière ou, descendues dans son lit, broutant les joncs et la menthe ! Mais quelle angoisse quand elles n'étaient nulle part ! Il arrivait qu'elles aient passé le gué et trotté vers quelque pâture ancienne, ou que l'une d'elles, en mal de son veau, ait ramené les autres à l'étable.

Parlerai-je des chiens fous qui s'acharnent après une bête et la mènent pantelante à travers champs ? Des mauvais gars qui font entre leurs dents le Bzzz du frelon et jettent la panique dans tout un troupeau fuyant la queue en l'air ? Les batailles n'étaient pas rares. On voyait les mâchoires s'arrêter, les mufles se roidir, des yeux fixes se considérer obliquement et c'était la charge et le choc dans un émoi de chiens hurlants, de vaches beuglantes, de fouets et de cris... le plus souvent plus de peur que de mal, mais parfois un flanc zébré, une patte déhanchée, une corne arrachée et tendant son moignon sanglant.

Le garde champêtre était terrible. Un cri tout à coup : « Tes vaches aux betteraves ! » Quelle galopade, quelle ruée ! Si l'Alexis était à l'horizon, si les maraudeuses s'étaient encadrées dans le verre de sa lunette, vous étiez perdu. L'Alexis approchait, lent et sûr comme la mort ; à sa silhouette globuleuse largement ceinturée de rouge, vous ne pouviez douter que ce fût lui. Vous entendiez sa voix coupante, et, plus amers qu'un procès-verbal, s'annonçaient le retour à la maison, la visite humiliante à l'homme aux betteraves tondues...

Ainsi coulaient les heures quand le temps était beau. Vous connaissez ces jours d'automne qui commencent dans une douceur laiteuse. La brume monte en flocons d'argent, le soleil dore les peupliers et la jonchée amère de leurs feuilles. Il chauffe sans brûler, le ciel est bleu, le vent se tait : aucun moment n'a plus de suave douceur ; nous en jouissions sans le savoir.

Mais il était aussi des jours pour le vent infatigable qui ronfle dans les cimes et bouscule les nuées, pour la bruine pénétrante, pour l'aigre bise qui se moque du soleil. Alors nous pensions au feu.

Dans la berge du ruisseau, à l'abri des troncs pressés, nous taillions au couteau un foyer de terre glaise. La flamme en jaillissait bientôt, nourrie de brindilles, d'écorces, du bois spongieux des vieux saules. La rivière donnait les branches, les troncs blanchis abandonnés par les crues du printemps. Le feu s'empanachait d'une fumée qui nous ralliait comme un drapeau : jeunes et vieux s'y pressaient, plus ou moins rôtis ou transis. L'essentiel était de laisser ouverte « la porte au vent ».

Les intrépides s'attaquaient aux piquets des clôtures, à de vénérables têtards ne vivant plus que par l'écorce ; ils pillaient les champs de pommes de terre pour d'immangeables et délicieuses rôtisseries.

Ô saurai-je vous confesser un jeu moins innocent ? J'évoquerai ces peuplades qui, désarmées devant les grands fauves, leur creusent des fosses profondes dans les pistes de la jungle... Nous choisissions donc un des sentiers qui coupent tout droit vers les villages. Dans sa terre grasse, nous ouvrions une étroite tranchée. Nous la remplissions, à coups de sabot, de l'innommable et onctueux mélange dont les horticulteurs *pralinent* les jeunes arbres. La fosse recouverte de brindilles, de feuilles et de terre fine bien égalisée, il n'y avait plus qu'à patienter.

Un jour, nous prîmes un gibier de choix, M. le Curé lui-même, qui s'en allait d'un pied agile rendre visite à son confrère du Val-des-Nonnes. Il dut rebrousser chemin, ses boucles d'argent n'étant plus semblables, mais jamais il ne connut les piégeurs, même en confession.

Il se fait tard, le soleil descend derrière la côte, le ciel est vert, rouge, violet. Ce qui dort là-bas au creux de la prairie, est-ce la fumée de notre feu ? — Non, c'est l'invisible fée de ce matin qui revient et, sur les fils de la Vierge, étend son lit. Tournons vers le village toutes ces cornes et partons. Laissons jusqu'à demain la prairie à son rêve frissonnant.

Les chasseurs

Je ne suis pas chasseur et pourtant, petit garçon, j'ai tremblé de crainte et de désir à la vue d'un fusil, sursauté à une détonation trop proche, ramassé dans les chaumes des étuis bleus ou jaunes dont je respirais avec délices l'odeur de soufre. Je n'ai réussi qu'à être gibier, menant voilà quelque trente ans cette vie de lapin de garenne que tant d'entre vous connaissent et où l'on n'avait même pas le plaisir d'être distingué par le chasseur d'en face.

Si maintenant les chasseurs sont légion chez nous, de mon temps, ils étaient trois seulement, sans compter les braconniers occasionnels ou invétérés, auxquels on attribuait — trop généreusement sans doute — les coups de fusil qui sonnent avant l'aube ou dans le crépuscule, au loin dans la campagne.

Mais venons-en à nos chasseurs patentés.

Le premier était un personnage à Paris, d'où il venait chaque année pour la chasse. Gros, rouge et le poil blanc, il faisait : Boû ! Boû ! et l'on disait bonnement qu'il soufflait les pois. Au demeurant, un excellent homme, affable et simple, mais qui, en ce temps-là, m'apparaissait lointain et redoutable. Je lui dois la révélation du costume classique des chasseurs bourgeois : la bombe de paille à visière, la veste de toile bise ou bleue, la carnassière à filet, les guêtres à petites pattes... tout ce que j'ai retrouvé dans les dessins de Cham !

Le deuxième était un laboureur, un grand vieillard, lent de gestes, lent de paroles, et d'enjambées plus lentes encore. On prétendait qu'il connaissait tous les lièvres du finage, poids et poil, famille et gîte. Quand on allait lui en commander un, pour quelque festin : « Un lièvre de combien ? » disait-il, et si l'on répondait : « Un lièvre de cinq-six livres, à peu près », l'on s'attirait cette réponse : « C'est-y cinq, ou c'est-y six ? » Et l'on avait le lièvre demandé.

Il allait toujours du même pas mesuré, le fusil sur le bras, dans les trèfles et les betteraves, derrière ses petites chiennes jaunes, et, presque octogénaire, il chassait encore. La taille restait droite et les jambes fermes, mais les yeux s'en allaient. S'il faut en croire la légende, un soir de septembre, il lâcha ses deux coups sur un énorme sanglier. La bête foudroyée eut un sursaut et ne bougea plus. Sans s'inquiéter, notre homme revint à la maison et commanda le tombereau. Aux lanternes, on ne trouva qu'un tas de trèfle noirci, affaissé sous les pluies.

De ce jour, il ne chassa plus.

Le troisième chasseur était mon oncle Fane. Le démon de la chasse l'avait vaincu sur le tard et il avait plus de quarante ans quand il prit son premier permis.

Mon bon oncle était maigre et noir, barbu, le dos

rond. De haute taille et de petite santé, ma grand-mère en avait fait un maître d'école, moyennant quoi il passa largement les quatre-vingts. Nerveux et d'humeur un peu chagrine, c'était le meilleur homme du monde ; je lui dois toutes les émotions d'un chasseur, si ce n'est de peser sur la gâchette, ce que je crois négligeable.

J'étais penché sur son épaule, pendant qu'il feuilletait un de ces étonnants catalogues de Saint-Étienne, qu'il hésitait entre les canons choke ou demi-choke, entre l'acier double ou triple Hercule, la bure feuille-morte et le velours à côtes.

Il ne voulut point de moi à sa première sortie, trop matinale et trop émouvante ; il partit seul et revint seul. Mais dans la suite, que de fois ai-je porté le carnier !

Nous allions dans la rosée du matin ou l'aridité de l'après-midi. L'oncle était un terrible marcheur, tout en nerfs et en jambes et sans graisse ; en une seule course, souvent, il me faisait voir les quatre cadrans du clocher, dont celui du nord, qui n'a pas d'aiguilles. Nous traquions luzernes et friches, haies et sillons et j'ai appris là ce qu'est une promenade sous le soleil dans les mottes raidies d'un labour d'été.

Mon oncle n'avait pas le flegme du vrai chasseur. Le cœur lui sautait dès que Tom ou Stop ébauchait l'arrêt. Dès l'envol ou le premier bond, il lâchait ses deux coups : pan ! pan ! et j'ai cru longtemps que son fusil n'avait qu'une gâchette.

Il tirait mal le lièvre qui bondit en zigzag et la caille qui file à fleur de pré. Il eut plus de chance avec les perdrix, dès qu'il réussit à vaincre la surprise du départ et à ne plus tirer dans le tas. Son premier lièvre, il le massacra au gîte, sous une touffe de pommes de terre. Suffoquant d'émoi, il lâcha ses deux coups dans la bête.

Quand la poussière et la fumée se furent dissipées, il ramassa quelque chose qui n'avait plus ni tête ni entrailles et dont la tante réussit quand même à faire un civet.

L'oncle Fane rentrait rarement bredouille, car tout lui était gibier : jusqu'au merle et à la verdière, aux noix et aux pommes tombées. Grâce à lui, j'ai su de bonne heure que l'habit de la pie est glacé de vert, que le geai a des chevrons bleus et qu'il y a de quoi trembler devant le bec d'un corbeau.

Un jour pourtant il devait trouver son gibier, un gibier dont on ne sait s'il est poil ou plume, quand on voit sa flamme rousse danser à la pointe des sapins ou bondir dans les hêtres. Pauvres écureuils ! Il les descendait tous, et puis il les mangeait, sans s'arrêter aux dégoûts de ma tante, qui leur trouvait un air de rat. Les queues étaient pour moi ; fauves ou brunes, ou noir brûlé, les puces y foisonnaient également.

Cher oncle Fane ! Le jour est venu où il a mis, pour ne plus l'en décrocher, son fusil au râtelier. L'ortie et le sycomore poussent sur les décombres de la vieille cuisine où, près de l'âtre, sur la petite table basse, il savourait son lièvre réchauffé et son fromage plus parfumé qu'un vagabond. Mais j'ai devant moi son image pâlie : on le voit debout, guêtré, la crosse sur la cuisse et tenant par les oreilles le premier lièvre qu'il ne mit pas en bouillie. Il est sérieux et modeste. En face de lui, sur un banc de pierre, la tante est assise ; elle a laissé son tricot ; elle lève la tête vers le chasseur et lui sourit.

Vendanges

Il n'y a plus de vendanges car il n'y a plus de vignes. Je n'appelle pas vignes ces lopins épars entre friches et luzernes, où sur des fils de fer s'allongent d'interminables sarments aux feuilles monstrueuses et aux grappes pullulantes, dont le grain bleu tombe dès qu'on y touche. Il y en a — paraît-il — de meilleures et même d'excellentes, grâce aux mariages avec vos vieilles souches. Laissez-moi tout de même grogner et regretter nos cépages de petite sève et de haut bouquet, venus de boutures, marcottes et provins.

Les vignes d'autrefois régnaient des lisières du bois au bord du vallon. Leurs rectangles boiteux se logeaient en tous sens entre les murs et les mergers. De grands clos touchaient au village, orgueil du château et du colonel Renaud, qui avait fait la guerre d'Espagne. Les vignes avaient même conquis la colline du couchant ; elles y faisaient la roue, par-dessus les chaumes.

Depuis six semaines, depuis qu'au poignet de la Vierge on avait noué le premier raisin, on suivait le gonflement des grappes. Avec cet espoir jamais assuré qui est celui du vigneron, craignant l'orage tardif, souhaitant le soleil et cette dernière pluie qui nourrit le grain. En haut des ceps, les tard-venus achevaient de mêler : les blancs éclaircissaient... il fallait se décider. Le premier qui sortait ses *balonges* entraînait les autres.

On vendangeait par familles ; il y avait chez nous le jour de la grand-mère, le jour de l'oncle, celui du parrain, le nôtre. On s'en allait par bandes de dix, douze, et davantage.

L'attirail endormi se réveillait : paniers de viorne à deux bosses, *charpaignes* longues pour le raisin choisi, hottes et cuveaux, et l'arsenal des sécateurs, serpettes et ciseaux. Des cuves et des balonges, on avait balayé la poussière et délogé les araignées, rincé le vieux chêne, vérifié les cercles et refait çà et là de belles ligatures d'osier rouge.

Tout cela sonnant sur les vieux chemins s'en allait au bas de la vigne.

Nous voici donc en ligne, chacun avec sa rangée et son panier. Ensemble les vieux, ensemble les jeunes ; les hommes sont à la hotte, c'est le plus dur.

Quel plaisir, quand le temps est beau et quand les vignes sont belles ! Plaisir de découvrir les grappes d'un cep généreux, plaisir de les compter, de les soupeser, de voir s'emplir le panier... œil et main qui fouillent les sarments encore prisonniers, méprise qui fait couper la feuille et laisser le raisin ! Amende à qui en oublie, amende à qui les égrène ! Au cep dépouillé, il ne reste que les verjus, enfants tardifs des floraisons d'été, qu'on viendra grappiller — peut-être — dans les dernières feuilles rouges.

Les langues marchent, dans la joie de tenir enfin la récolte. Les jeunes se taquinent, les vieux rappellent les vendanges passées, les années fameuses, le 64, le 70, le 93... On hèle les voisins qui, là-bas aussi, montent leur vigne.

Mordre dans une grappe bien serrée et bien mûre, sentir les grains craquer, le jus frais et sucré emplir la bouche, c'est une façon d'aimer le raisin ; picorer le grain qui tente, c'en est une autre. Pour ceux qui boudent, il y a toujours quelque groseille, rouge ou blanche, au buisson d'en bas, quelque pêche amère et parfumée, ferme encore sous son duvet.

Les paniers remplis s'en vont à la hotte, qui attend sur son trépied. Quand on a les bretelles aux épaules, il faut être solide pour se redresser sans chavirer, descendre la vigne les jambes fléchies, passer le petit mur, escalader l'échelle du chariot et, d'un brusque ploiement du torse, vider d'un coup la hotte. Cela dans l'essaim fou des guêpes et des abeilles ivres de sucre.

Et quelle bonne leçon pour les petits, sans livre et sans école !

Ce raisin ovale et fin, aux grains serrés et ronds, poudrés de bleu, c'est le *pinot*, qui donne le vin choisi. Cet autre, plus gros et moins serré, c'est le *gamay* : son vin est honorable. Le *teinturier*, haut en couleur, est pourpre de partout : bois et feuille, jus et grappe ; il ne prétend pas à d'autres vertus. Le *grisard* a triste mine avec ses longues grappes lâches ; il rétrécit la bouche, mais donne au vin force et durée. Parmi les raisins blancs, voici le *melon* glauque, grains serrés et feuille ronde, et puis le *parisien* élégant, un peu négligé, dont la grappe fuselée tend au soleil une joue dorée, piquée de rousseurs. Ici et là, quelque cep de muscat, qui surprend la gourmandise.

Les mamans et les grands-mères, soucieuses de goûters et de malades, nous faisaient choisir et mettre à part les plus belles grappes. Posées délicatement au pied des ceps, elles attendaient qu'on vînt les ranger dans les corbeilles. Après un petit stage sur des claies, elles allaient pendre en longues brochettes au plafond des chambres. On les gardait là pendant des mois, lentement ridées, leur sucre devenant miel et parfum. Elles en descendaient pour les enfants lorgnant vers les solives, pour les malades brûlés de fièvre, pour les convalescents qui retrouvent le goût des choses.

La vendange est une fête, mais tout travail fatigue et celui-ci surtout. Les hommes avaient les jarrets rompus et le dos meurtri, malgré le sac plié dont ils se faisaient un coussin. A se casser en deux, de cep en cep, l'on se sent bientôt les reins aussi douloureux qu'au temps des labours et de la moisson.

Pourtant, ce n'était pas sans un peu de tristesse que l'on achevait le dernier « ordon », que l'on embrassait d'un coup d'œil la vigne dépouillée. Tant de travaux, de craintes et d'espérances, depuis le bourgeon dans sa bourre, la jeune pousse si tendre, la grappe en fleur et le raisin vert ! C'était fini, jusqu'à l'an prochain !

Au retour, à la lanterne, il y avait encore les besognes de la grange. La culotte roulée au-dessus du genou, nos hommes foulaient les grappes et faisaient passer dans la cuve le contenu des balonges : pulpe gluante, jus trouble et grappes défaites. Certains avaient une machine à rouleaux, campée sur la cuve ; chez nous, on s'en tenait à la vieille manière, avec les plaisanteries d'usage.

Après la cuve, on passait aux cuveaux de raisin blanc pour le vin sec et plaisant des déjeuners de fête, aux cuveaux de pinot pour les vieilles bouteilles dont un jour on ne sait plus l'âge.

La maman venait demander un seau de vin doux pour son vin cuit, cette liqueur rustique, fraîche et légère, sœur de l'eau-de-coing. On la faisait à chaud, le moût bouillant dans une chaudière, ou à froid, en ajoutant de l'eau-de-vie. Logée en barils et en bouteilles, elle servait aux veillées, à la visite des cousines, aux trempettes matinales du grand-père... et parfois du petit-fils, avant l'école.

Les vendanges sont mortes et la hotte ne connaît plus que l'herbe des lapins. Cuve et balonges se sont résignées à loger l'avoine et la menue paille. Un jour, taraudés par les vers, leurs cercles ont cédé et les douves sont tombées en javelle, comme la gerbe dont le lien se rompt. Dressées en un coin, les douves attendent la résurrection. N'est-ce pas un feu de décembre qui les attend ? Leur âme, nourrie de vin, s'en ira en flamme bleue, en braise ardente, retrouver l'âme des choses qui ne sont plus.

De la cuve au pressoir

J'aime le vin. Je dois bien cela aux générations de vignerons qui se sont cassés sous la hotte et sur la maille. Je le dois au dernier de ces vignerons, qui trois fois arracha ses vignes et les replanta, avec un espoir tenace et sans récompense.

J'aime le vin et le vin m'aime : je ne l'ai jamais traité comme un étranger qu'on violente et il ne m'a jamais mis plus bas que moi-même…

Je l'ai honoré, je lui ai souri ; il m'a prêté sa gaieté, son courage. Il m'a soutenu dans sa propre vigne et devant le blé versé ; il a balayé les poussières de la grange et chassé le frisson de l'averse ; il a ensoleillé le réveillon et tari la sueur d'août. Plus tard, parmi les courroies croisées : sac écrasant, musettes bourrées, masque et fusil, celle du bidon a été la plus légère et quand, à la pause, je tombais dans le fossé, mieux qu'une pomme verte le quart de pinard m'a remis d'aplomb. Dans la boue et le froid, et dans ces trous, et quand l'aiguille des secondes trottait, vertigineuse, vers l'*heure*, il m'a aidé à croire que par-delà la peur, il y a quelque chose… Mais est-ce bien de cela qu'il s'agit ? Excusez le radoteur !

Dans la cuve, le jeune vin s'agite et bout. L'oreille collée à la douve l'entend frémir comme une voix d'adolescent qui ne sait ce qu'il veut. Chaque soir, le père monte les quatre échelons de son échelle ; de la bêche et du râteau, il renfonce ce que la force du vin pousse en haut. En 1893, année fameuse, le soir de la fête, ma grand-mère allant à la cave vit un ruisseau noir qui sortait de la grange. Les convives accoururent : c'était la cuve qui débordait. Il fallut, en chemise empesée, et avant la brioche, calmer cette folle. Tant d'autres fois elle fut trop sage !

Peu à peu le bouillonnement s'apaise. Sous le *chapeau*, une limpidité froide a remplacé la trouble fièvre ; il est temps de soutirer.

La futaille est prête. Tonneaux et feuillettes, remontés de la cave où ils dormaient le ventre vide, ont passé sous l'œil, sous le nez, entre les mains du vigneron. Chacun a été flairé, resserré en son corset ; chacun a reçu son pot d'infusion bouillante, à la feuille de pêcher, craché la vapeur de ses joints détendus, pendant que deux poignes vigoureuses le berçaient rudement. Rincé d'eau claire, il attend, pour boire d'autre sorte.

On tire. La bonde garnie de gros chanvre est chassée dans la cuve par l'énorme robinet. Un flot pourpre jaillit dans le cuveau, rebondit et s'étale en mousse rosée. Que va-t-il être, ce nouveau-né ? On le soupçonne bien, d'après l'été et la vendange. C'est quand même une minute unique, celle où le père lève pour la première fois son verre rempli. Son verre de deux sous, oui, et non pas comme dans la vraie Côte, la tasse d'argent à facettes où miroite le noble cru. Vin modeste, de vigne perdue, l'œil le tâte pourtant, à la lumière de ce jour d'octobre.

Le nez vient après, qui hume et flaire, et enfin la bouche. Qu'est-il, que deviendra-t-il, ce vin si longtemps attendu ? On garde toujours l'espoir qu'il sera meilleur et moins dur que ne l'ont voulu le soleil et la pluie, tous les amis et tous les ennemis suspendus au-dessus de la vigne.

Un vieux seau noirci fait la navette entre le cuveau et le baquet. Dès que la charge est suffisante, pendu par les oreilles, le baquet s'en va oscillant vers la cave. Dans notre maison, comme en bien d'autres, la cave, creusée dans la roche, était d'accès difficile. A sa voûte de pierres sèches, on avait pratiqué un trou qui s'ouvrait dans la cuisine et laissait passer une buse de chêne. En bas, un grand tonneau défoncé ; en haut, un large entonnoir à trois pieds. A pleins seaux, on versait dans l'entonnoir et c'était un premier spectacle.

Le vin moiré d'écume tournait, tournait... au centre du tourbillon se creusait un gouffre qui se mettait à chanter comme un orgue et baissait le ton à mesure que baissait le vin.

Dans le demi-jour d'en bas, la buse crachait un flot rouge, une sorte de draperie vermeille et déchirée qui sonnait dans la tonne. Et la source faiblissait, jusqu'au moment où le sourd piétinement des sabots annonçait une nouvelle cataracte.

Sagement alignés sur leurs chantiers, par rang de taille et les petits sur les gros, les tonneaux attendaient. A travers leurs douves, le vigneron sentait le vin monter ; sans qu'il eût même besoin de l'index replié, la musique du creux lui disait le niveau. Les dernières gorgées glissaient à petits coups, jusqu'à ce que, au ras de la bonde, le vin chasse son écume crépitante. Passons sur les besognes qui suivaient : remplissages, collages, soutirages et, quand le vin en valait la peine, mise en bouteilles. A chaque bouteille, le robinet jetait son cri. Nous n'avions ni étiquettes ni casiers. Les bouteilles se pressaient fraternellement dans de vieilles maies, exilées de la chambre à four, et dont les flancs mûrissaient le vin après avoir gonflé la pâte.

De la cuve, il arrivait que l'on tirât jusqu'à la dernière goutte. Plus souvent, on y laissait un peu de vin et l'on rechargeait les marcs de grands seaux d'eau, pour la piquette, que l'on ne ménage pas, bien heureux quand on n'est point forcé de la rebaptiser.

Le pressurage nous passionnait. La lourde machine arrivait cliquetant et geignant sur ses roues de basset, citadelle ronde de planches et de madriers, avec sa vis noire, luisante d'huile et de vin.

Quelle surprise attendue et toujours nouvelle, les premiers tours de barre donnés, que de voir le vin cracher, suivre la pente et tomber en nappe ! On laissait égoutter et reposer le *pain*, on le retaillait à la bêche et on lui tirait jusqu'à l'âme. Mais quand on démontait la machine on retrouvait sous la toile des grains intacts, ronds et durs. Ils avaient résisté à la rude poigne du pressoir comme à la mollesse dissolvante de la cuve ;

telles ces têtes inhumaines qui, jusque dans la mort, gardent leur verjus.

Le plus beau spectacle était au château. Là, dans un vaste cellier, le pressoir géant, sous des poutres obscures, étageait ses membres centenaires. La vis en cœur de chêne était commandée par une immense roue droite aux barres de laquelle les hommes se suspendaient en grappes.

Dans la pénombre jaune, trouée par les lanternes, ce n'étaient que grincements, craquements, ruissellements, allées et venues de sabots, plaisanteries patoises, pendant que, du portail, nous regardions.

Il arrive qu'on retrouve, en un coin, quelque bouteille de ce temps-là.

Vieille bouteille poussiéreuse et dépolie, vieux bouchon tanné et durci, vous faites songer à la vieille main tremblante qui nous versait le vin décoloré.

Le vin n'a plus ni force ni couleur. Mais il garde son parfum, son âme subtile et embaumée. Il ressemble à ces vieux cœurs qui ne savent plus qu'aimer.

Auprès de l'alambic

Les gens de chez nous boivent volontiers la *goutte* ; plus volontiers encore, ils l'offrent aux voisins, aux amis, au facteur, aux gendarmes. Mais ils n'achètent jamais d'eau-de-vie ; c'est une des dernières choses qu'ils tirent de leur cru, alors que tant d'autres ont disparu : la laine et le chanvre, l'huile et le vin.

A défaut du marc qui devient rare, ils distillent toutes sortes de fruits : cerises et prunes, pommes et poires, merises, alises et jusqu'aux prunelles des haies, qu'on gaule sur de vieux draps et qu'on vanne pour en chasser les feuilles.

Les méchantes langues disent que plus on a de *goutte*, plus on en boit. C'est peut-être vrai dans certains villages et de certaines gens ; mais chez nous on est plutôt sobre. Si c'est par nécessité, nous avons fait de nécessité vertu. Vraiment, à part les deux ou trois ivrognes que doit posséder tout village qui se respecte, nous ne savions ce que c'est que l'alcoolisme. Chaque maison égrenait en des cachettes variées, du grenier à la cave, en passant par le fond des placards et le haut des armoires, mainte bonbonne poussiéreuse et mainte bouteille sans âge.

L'alambic est inséparable des jours gris et noyés de novembre, de la bise et du gel de décembre. Les rues sentent le brouillard, la fumée, l'étable, la poussière des granges et, couvrant tout cela, l'odeur aigre, douceâtre et tenace des matières distillées, dont la buée monte des cours et des fumiers.

On *brûle* dans les vieilles cuisines et les chambres à four ; les uns ont une installation à demeure ; pour les autres l'alambic du loueur passe de maison en maison. Les pièces arrivent l'une après l'autre, sur la brouette : le foyer de tôle, la chaudière de cuivre rouge, la cuve à eau et son serpentin et — le plus curieux pour nous — la pipe, ainsi qu'on nomme le chapiteau.

Chacun était son propre brandevinier. Mais en cela comme en tout, il y avait les malins qui réussissent et les mazettes qui ont régulièrement des malheurs. C'était à qui ne passerait pas après tel ou tel, spécialiste des chaudières brûlées, des serpentins suspects.

Voici l'alambic installé, le bois préparé, la cuve remplie. On charge la chaudière, on lute, de cendre gâchée, les joints du chapiteau, on allume le feu.

J'attendais... Avec quelle impatience ! Il me semblait que tout de suite, du serpentin, une source brillante allait jaillir. Qu'il en fallait du temps pour que la chaudière tiédisse et brûle, pour que le tuyau de la pipe s'échauffe ! Une chanson bruissante et moqueuse bourdonnait dans le ventre du monstre. De guerre lasse, je tournais les talons, et c'est justement alors que le miracle se produisait.

Le travail se poursuivait jour et nuit, travail pénible, dont je ne voyais que le côté plaisant.

Je me revois assis sur un petit banc, à côté de la bassine où chante un filet clair. Comment le tumulte qui gronde dans la chaudière peut-il s'achever si paisiblement ? Comment, d'une épaisse bouillie rougeâtre, peut-il sortir cette eau limpide ?

Le père quitte sa chaise. Il prend un étui de fer-blanc sur la cheminée, il en sort un tube de verre étroit où luit je ne sais quel reflet de miroir. C'est le pèse-liqueur, qui va se balancer dans son bain, saluer la compagnie et dire quelque chose. Comme on voudrait toucher à cette merveille ! Il faut se contenter de regarder. Le fragile petit bonhomme rentre dans sa chemise mouillée et disparaît dans sa prison.

Vraie diablerie maintenant ! sous la cucurbite, une poignée de paille flambante ; on y verse un plein verre empli au goulot : une grande flamme monte, bleue et mauve : il y a encore des « esprits ».

Le serpentin ne donne plus qu'une eau fade et louche : c'est la fin, les gamins décampent. D'un vigoureux coup d'épaule, le chapiteau saute ; un nuage de vapeur emplit la chambre, les hommes s'y démènent moufles aux poings, vidant la chaudière.

C'est tout un art que de conduire un alambic. Il faut savoir remplir la chaudière, parfois en matelasser le fond de paille et de brins de fagot ; il faut savoir conduire le feu : une minute d'inattention et vous perdez à la fois l'honneur et le profit.

Que la flamme reprenne trop vite et le métal surchauffé brûle ce qui le touche. Une fumée infecte sort du serpentin ; quelle catastrophe ! Il faut vider, nettoyer, récurer et fourbir, la tête au fond du pot. Et quand le cuivre a retrouvé son éclat, il reste blessé ; au moindre coup de feu, c'est la rechute.

Moins grave est l'emportement d'une chaudière trop pleine. Elle monte comme une soupe au lait et tout à coup, avec des bruits curieux, le serpentin vous crache une confiture inattendue. Mésaventures de novices ! On pouvait y échapper et ne tirer de l'alambic que des produits louches, d'odeur inquiétante et de saveur douteuse.

Les réputations étaient faites et quand on acceptait la goutte, on savait ce qu'on risquait. Les artistes n'étaient pas peu fiers quand le dégustateur, après avoir bien miré, flairé, humé, clappé la langue, lâchait un : « Fichtre ! Elle est fameuse ! »

La qualité était affaire de *repasse*.

Les « petites eaux » rassemblées en un cuveau revenaient dans l'alambic, fourbi comme un miroir. On chauffait prudemment, avec le bois sec et sans flamme des arbres qui meurent debout dans la forêt. Cela devait couler en filet mince, toujours égal. D'abord toute chargée d'essences, emportant la langue qui s'y risquait, l'eau-de-vie faiblissait peu à peu ; les délicats arrêtaient le feu bien avant qu'apparaissent les odeurs d'alambic.

Les gens qui « brûlaient » leurs marcs et leurs cerises ne manquaient pas de compagnie. On venait auprès d'eux à la veillée, se chauffer les jambes en devisant. Il restait bien assez d'heures encore après minuit, alors qu'on bâille et qu'on frissonne et que le clocher semble oublier le temps.

La récompense, c'était d'avoir réussi, de faire scintiller la liqueur, de la voir s'entourer d'un anneau de perles irisées ; c'était de n'avoir rien perdu de ce que donne la terre. La bouteille restait sur l'étagère, à portée de la main. On n'y touchait pas plus souvent, mais c'était comme un signe de politesse rustique, et tel qui n'en buvait pas chez lui n'osait refuser chez les autres.

L'eau-de-vie était une assurance contre la chaleur et le froid, le malaise et l'indigestion. Les bûcherons en prenaient une *topette* quand l'hiver ils allaient aux Grands-Bois, les femmes ne la connaissaient que dans l'eau sucrée, et nous, marmots détestables, tirant éperdument la langue, nous cherchions en cachette la goutte oubliée au fond du verre paternel !

Vie et mort du cochon

Qui dira la place que tenait le cochon dans la subsistance de nos gens ? Cela depuis des siècles, car les Gaulois de mon livre dressaient déjà au-dessus de leur troupe cette bête qui ressemble à un porc mal peigné et qui signifiait pour le moins la source de leur force.

Tous les jours de l'année, et souvent quatre fois par jour, vignerons et laboureurs mangeaient du lard : lard grillé du matin, lard froid des quatre heures, lardons des pommes de terre et de l'omelette et, surtout, lard de cette potée qui est tout un repas : soupe, viande et légumes.

Le boucher était un personnage. Il passait chaque vendredi pour la cure et le château, mais le commun des mortels n'entretenait avec lui que des relations prudentes. Pour qu'une femme en bonnet blanc s'approchât de sa voiture, il fallait qu'elle eût un malade ou quelque visite d'importance. Elle se hâtait, cachant son emplette sous son tablier relevé, dans la crainte des commentaires : « Croirais-tu, disait-elle en rentrant, qu'en voilà pour vingt-sept sous ! » Et on hochait la tête devant cette folie.

Chaque maison nourrissait au moins un cochon. Les petits gorets s'achetaient à certaines foires ; pour épargner cent sous, on allait les y chercher, à pied, et on les rapportait dans un sac. Cela faisait deux fois vingt kilomètres. Manquait-on la foire, on guettait la carriole du marchand. La bâche verte ondulait sur les dos pressés ; ici et là, un museau rose, un anneau de queue soyeuse passait entre les barreaux. Que d'hésitations devant la taille, l'allure, l'oreille, les promesses d'un avenir incertain. Il fallait pourtant se décider, tirer quatre ou cinq écus, et emporter l'élu dans ses bras, comme un enfant grognon.

Alors commençait une vie de parfait cénobite. N'en connaissant point d'autre, il ne regrettait rien. Il ne sortait de sa cellule qu'à l'heure des grands nettoyages. Étourdi par l'air et la lumière, il flairait les alentours, secouait les oreilles, poussait de brefs grognements interrogateurs, esquissait de brusques galops, humait des senteurs inconnues ; sans doute se réveillait en lui la lointaine ressouvenance d'ancêtres hirsutes et noirs, fouillant la terre molle sous les chênes. Séparé du monde, il ne connaissait pas la promenade quotidienne de ses frères lorrains.

Il ne connaissait que le sommeil et le repas. D'abord un régime prudent de poupon délicat, à peine sevré : des bouillies claires, de lait, de farine d'orge. Peu à peu les pâtées se faisaient plus épaisses, nourries de pommes de terre et de son. L'écuelle des premiers jours devenait un, puis deux seaux. L'été apportait des salades rafraîchissantes, l'automne des pommes aigrelettes. Le magnifique appétit du prisonnier faisait de tout chair et graisse, même du babeurre et de l'eau de vaisselle.

Il ne confiait à personne le secret de ses méditations solitaires, mais c'eût été cruelle injustice que de le croire insensible, bête ou malpropre. Les dix pieds carrés de sa cellule offraient au visiteur l'ordre parfait du dortoir, du promenoir et du reste. Il connaissait l'heure du dîner et ne se fût pas permis d'élever la voix trop tôt ; il connaissait le pas et la voix de sa providence et les saluait d'un grognement amical. Qu'il criât comme cinq cents cochons quand le seau d'onctueuse pâtée s'inclinait vers son auge, c'était sa façon à lui de remercier l'hôtesse.

Chaque jour, cependant, l'acheminait vers son destin. Il avait insensiblement tenu les promesses de son enfance. Quand il sortait de sa loge, ses flancs frôlaient les bords de sa soue ; l'œil n'en finissait pas de suivre la vague argentée de son échine. Avait-il encore des pieds ? Seule sa queue bouclée n'avait pas changé, tel le nez dans la figure des gens trop gras.

Pendant qu'il ronflait, le nez dans la litière, insoucieux de la bise, son sort se décidait : le lard baissait dans le saloir, le temps était sec et vif, Noël approchait. Le père faisait signe aux voisins ; ils époussetait l'échelle, il donnait un coup de pierre aux coutelas. On recuisait la saumure, on descendait un chapelet d'oignons et, un certain soir, sans savoir pourquoi, pour la première fois de sa vie, le cochon jeûnait.

Au petit matin, les hommes étaient là : le fort qui ne lâche pas ce qu'il a croché, le leste qui passe les nœuds coulants, l'intrépide qui sait le chemin de la jugulaire. On buvait la goutte, et puis l'on sortait...

Glissons, pour ménager les âmes sensibles, sur les minutes qui suivent. Fermons nos oreilles aux cris, fermons nos yeux aux gestes et notre pensée aux images... Tout est fini. La vieille tante au cœur bien accroché revient vers la cuisine avec la marmite aux bavures de pourpre. La victime a encore aux dents le torchon dont on l'a bâillonnée ; elle a exhalé, musical, son dernier souffle. On commente déjà sa fin, comme celle d'un très ancien défunt.

Le voici couvert de paille. Une allumette et la flamme monte en crépitant ; les soies grésillent et s'évanouissent, telle l'herbe d'un talus sous le vent de mars. Une poignée là encore : la torche s'agite au pli des cuisses, aux ténèbres des oreilles. Demi-tour et recommençons : un dernier feu à cet épi récalcitrant et c'est fini. Le porc est flambé ; on méprise chez nous l'eau bouillante qu'on accuse de ramollir les chairs.

L'eau paraît, mais c'est l'eau fraîche de la dernière toilette. Les lames agiles grattent et raclent, assez tranchantes pour lever l'épiderme, assez légères pour respecter le cuir. Sur le dos et les flancs cela va tout seul ; les pieds et la hure demandent plus de patience, pour peu que l'animal soit renfrogné.

Petit à petit, du monstre mâchuré, se dégage un bloc rose, blanc, safrané, un peu meurtri çà et là, mais si réjouissant à l'œil ! Les langues marchent comme les mains ; tous les gamins sont là en cercle, mains aux poches et reniflant. Quel ennui quand sonne la cloche de l'école ! Ne faut-il pas qu'ils voient ? Ne faut-il pas qu'ils entendent, qu'ils subissent les vieilles plaisanteries : celle du cochon mal tué qui se sauve le feu sur le dos, celle des ergots glissés dans une poche béante, et l'offre aimable d'un anneau... ?

Enfin rendu à sa candeur première, le cochon est digne d'entrer dans la maison.

Écartelé sur son échelle, le dos au mur, il attend.

Un large couteau entre les dents, un plus petit à la main, l'opérateur tranche à petits coups rapides et précis, tourne l'obstacle, s'arrête où il faut. Une corbeille drapée de linge reçoit l'abondante et molle cascade des entrailles, toute une richesse bariolée de bleu, de rouge, de rose et de violet. Peu à peu apparaît le coffre net et musclé que la légende dit semblable au nôtre.

Balancée sur la brouette, la corbeille descend à la fontaine. Elle en reviendra plus légère, avec la charge immaculée de ce qui va devenir andouille et boudin.

Pendant ce temps les hommes s'attablent pour un solide déjeuner. Invariable menu ; le défunt de ce matin et celui de l'an dernier y ont collaboré : l'un a donné le petit salé, l'autre le gros os de sa poitrine et sa rate, la *nice*, qui grille en pétaradant. On mange soupe, légumes et viande ; après le café chacun s'en va, laissant au maître les autres soins.

Il y faudra toute la journée. Le boudin, d'abord. Les boyaux éprouvés macèrent dans l'eau vinaigrée ; au bout de la grande table, on détaille la graisse en dés menus ; à côté s'escrime celui qui, dans toute famille, peut hacher l'oignon sans pleurer. Pas de riz, pas de mie de pain, ni de fécule ; du sel, du poivre, une pincée des quatre épices et voilà la mixture prête. La boudinière y plonge et l'index aidant, les boyaux se remplissent ; une torsion tous les vingt centimètres, une ligature de fil blanc à chaque bout, et les boudins s'enroulent dans la chaudière. Ils vont y cuire lentement, à petits bouillons, et puis, sur la paille fraîche des volettes, ils attendront le gril.

Passons sur la préparation de l'andouille, les soucis du sel et du salpêtre, du poivre, de l'ail et du laurier. C'est sous la lampe et tard dans la soirée que la bête est débitée suivant les rites : quatre énormes quartiers, les jambons et jambonneaux, la tête et les pieds, l'échine, les côtelettes et le filet, levé en longues bandes. Tout cela, presque, va descendre au saloir ; on ne connaît point chez nous le lard séché ou fumé.

La mort du cochon s'accompagnait de deux cérémonies traditionnelles : la distribution des *parts* et le repas de cochon.

Les *parts* se composaient invariablement d'un morceau d'échine, d'une grillade de filet, de deux ou trois côtelettes et d'une demi-aune de boudin. Cela s'en allait dans le panier couvert, chez M. le Maître et M. le Curé, chez les parents et les amis. Maître et Curé en recevaient assez, aux environs du Nouvel An, pour confondre dans la même saumure tous ces hommages de l'antique fidélité.

Les repas de cochon faisaient le tour de la famille, chacun invitant les autres après l'événement. Les convives arrivaient par groupes ; ils apportaient dans un bruit de sabots l'air froid de la rue et le large sourire des estomacs sans reproche. On passait dans le *poêle*, après un coup d'œil amical vers l'être flambant, ceinturé de grils et de casseroles.

La nappe blanche s'allongeait entre les lits et les armoires ; deux lampes y versaient leur lumière jaune. On s'asseyait sans cérémonie, les hommes ensemble, ensemble les femmes et les enfants ; c'est ainsi qu'on est bien pour causer, quoi qu'en pensent les bourgeois. Seule restait vide la place de la maîtresse, qui se doit à ses casseroles.

On commençait par le boudin ; noir et brûlant, il sautait du gril sur l'assiette. C'est ainsi qu'il est bon, entre trois doigts, craquant et relevé de moutarde forte. On eût volontiers renouvelé l'exploit de ces gaillards à qui deux aunes ne font pas peur. Après le boudin, les grillades, roses et juteuses, relevées d'un grain de sel, puis le ragoût de foie, le dur et le mou ensemble, au vin blanc et à la crème. Et puis des côtelettes et, enfin, un énorme rôti : du cochon, rien que du cochon. Un seul plat de légumes : haricots ou petits pois, et le dessert : tartes, pruneaux, gaufres, cerises aigres, sorties de leurs bouteilles, biscuits...

Autour de cette table, quels magnifiques appétits, tenant bon jusqu'à la fin et grignotant du pain entre les plats ! Les vieux, qui vivent de rien, étaient vite rassasiés, comme les enfants, qui ont les yeux plus grands que le ventre et se bourrent aux premiers plats. Le petit vin coulait dans les verres, en attendant les vieilles bouteilles. On oubliait ses soucis, la gaieté montait ; les boute-en-train lançaient leurs plaisanteries ; on s'interpellait d'un bout à l'autre de la table. Après le café, et pendant que les hommes humaient le marc ou le kirsch, le doux circulait parmi les femmes : vin cuit, cassis, eau-de-coing, angélique ou trois-plantes. On en versait même aux petits, d'un air horrifié, deux gouttes qu'ils avalaient en s'étranglant.

On ne se séparait guère avant minuit. Sabots retrouvés, chaufferettes garnies et lanternes allumées, on sortait dans le noir après les compliments d'usage. Certains gourmands sentaient déjà en eux les promesses du cauchemar qui allait venger le héros de la fête.

Dans le cochon, tout est bon.

Tel un astre au ciel de décembre, le défunt laissait derrière lui toute une traînée de joies gourmandes. Saurai-je encore les retrouver ?

Cervelle sautée aux oignons, cœur, langue et rognons mijotés en daube, fromage de tête coulé dans les bols du déjeuner, palettes confites, pieds grillés, foie sauté dans la toilette... ai-je bien tout dit ? Non, puisque voici les andouilles rôties, le jambon au court-bouillon, fleuri de cerfeuil et arrosé de vinaigre... quelles tranches et quelle saveur ! Oublierai-je le saindoux neigeux dans ses pots de grès ? Mieux que le beurre, il accommode choux et pommes de terre : on le retrouvait sur la peau dont il mûrissait les apostumes et tirait les épines, jusqu'aux pouces du rebouteur remettant les nerfs en place, jusqu'au cuir racorni des vieux souliers !

Peu à peu, s'estompaient dans le temps les bienfaits du cochon. Légère et translucide, suspendue au plafond, certaine bulle un peu fripée en rappelait le souvenir, comme aussi ce lambeau qui fait glisser les scies...

Mais un autre déjà, d'un égal appétit sous son toit obscur, ranimait l'espérance !

Nourritures

Nous vivions surtout de pain, de légumes et de lard. Je dirai bientôt la place que tenait le pain et comment les miches de huit livres s'évanouissaient sous le couteau paternel. Qui n'aimait pas ceci ou cela mangeait son pain « tout seul » ; dans la plupart des maisons, la soupe paraissait trois fois par jour, et les bonnes ménagères se reconnaissaient à leur habileté à tailler le pain en lèches comme à peler les pommes de terre. Le pain était sacré, et les croûtons durcis aux champs se retrouvaient dans les panades.

La potée était le plat quotidien, plat complet et qui donne peu de souci. Les femmes appelées aux champs et aux vignes plantaient le pot devant l'âtre, avant de partir, avec l'eau, le lard et les légumes. Un enfant suffisait pour entretenir le feu ; au besoin, deux bonnes bûches croisées, quelque braise de four étoffée de cendre et, au retour, le dîner était cuit.

La potée reflétait les quatre saisons. Elle n'était jamais si pauvre qu'aux jours de Carême, où il sied d'ailleurs que la chère soit maigre. On n'avait plus alors que les feuilles du chou vert, le poireau et les fèves séchées au four. Il fallait attendre mai pour voir revenir les petits pois et les jeunes carottes.

L'été, l'automne donnaient de somptueuses potées. La pomme de terre nouvelle s'y mariait aux cosses fondantes, aux grains onctueux, au cœur de chou. L'hiver ramenait l'austérité.

Que de douceurs dans un ménage, quand il avait une vache à l'étable ! Le lait d'abord. J'entends encore sa petite musique au fond du seau, je vois le flot écumeux qui tombe dans les pots bleus, les chats agrippés au tamis ; j'ai le nez dans le grand bol tiède qui sent la vache. Comment vivre, sans le lait des déjeuners, celui des soupes où le pain mitonne, sans le lait froid des quatre heures, où l'on émiette son pain ? La crème blanchissait la soupe au cerfeuil, mais on la ménageait à cause du beurre : à douze sous la livre qu'en donnait le *cossonier*, c'était le seul moyen d'avoir un peu d'argent. Et quel engin que cette baratte ! En hiver, nous y passions tous, à pilonner une crème diabolique qui refusait obstinément de se tourner en beurre.

Chaque maison faisait ses fromages, des gras et des maigres, sans compter le fromage fondu, qui fermentait sous des couettes. On séchait les fromages dans la *chazère*, grand coffre d'osier rond et clos, suspendu à la lucarne du grenier. Certains devenaient durs et translucides comme de la corne ; ma grand-tante en faisait ses délices, après les avoir ramollis dans une casserole.

Elle prétendait que nous étions gâtés. C'est qu'elle se souvenait de sa jeunesse, aux environs de 1830. Il entrait alors dans le pain plus de seigle et d'orge que de blé. On ne jardinait guère ; partout vignes et chènevières ; sauf quelques herbes et les choux, on ignorait les légumes, et seul un vieux jardinier du château, le père Gaucher, savait faire pousser des laitues. Heureusement, les vignes donnaient l'ail et l'échalote, les haricots et les raves. On faisait cuire à l'eau de grands pots de fèves et les vignerons en emplissaient leur poche avant d'aller aux vignes.

Comment ce temps de vaches maigres n'aurait-il pas duré ? Les pâtures avaient été défrichées, il n'y avait guère de luzerne et de trèfle, on ignorait la vesce et la betterave. Peu de bétail et chétif, peu d'engrais... On restait dans le cercle, vivant de peu, travaillant dur ; cela faisait des gens menus, d'une incroyable résistance.

Notre maigre pays n'est pas si loin de la grasse Bourgogne qu'il n'en soit venu quelques effluves de gourmandise, quelque idée de cuisine attentive et soignée. Cela se marquait à la perfection des deux plats traditionnels : la daube et le pot-au-feu.

Celui-ci ouvrait tout repas de cérémonie, que ce fût noce ou enterrement, Pâques ou Nouvel An ; il était la dernière ressource des malades, le salut des convalescents. Je retrouve chez nous, tout en haut d'un dressoir, la troupe des pots ventrus, leur anse en accolade et leurs pattes torses. Quand par hasard on fait une flambée, leur émail jaune et brun s'allume d'un reflet mélancolique, au souvenir de l'âtre dont ils sont exilés.

Ils se souviennent d'avoir reçu l'eau, le sel et la viande ; une main patiente levait l'écume grise. Puis venaient la carotte, le poireau, l'oignon clouté de girofle, le navet, la gousse d'ail — qui vaut une livre de viande — la demi-feuille de laurier. La cuisson durait quatre, cinq heures et davantage ; cela devait frémir et non bouillir sous le couvercle entrebâillé, et l'on tirait comme il faut les cendres et les braises. Mais quel parfum dans la maison, de la cuisine à l'alcôve où le malade se sentait renaître ! Comment l'oublier, ce premier bol de bouillon, parfumé, semé de cerfeuil, et auquel on souriait, adossé aux oreillers ?

La daube est affaire de gens bien portants, à qui le travail et la joie ont ouvert l'appétit.

Elle se cuisait dans la terre vernissée d'une grande casserole oblongue. La pièce de bœuf, matelassée de lard et de couenne, y macérait d'abord toute une nuit parmi l'assaisonnement. Généreusement beurrée, hermétiquement close, on la glissait au four, le pain tiré. Elle y restait jusqu'au lendemain, lentement pénétrée d'aromates.

Comme on y tranchait, dans cette chair onctueuse, marbrée de rose et de brun ! Quelle saveur ! L'eau m'en vient à la bouche, et si j'en parle mal, qu'on m'excuse ; j'en parlerais mieux si j'étais gourmand.

Je veux finir par une gourmandise rustique, celle qui venait au dessert, qu'on offrait aux visiteurs, qu'on emportait dans son paquet : les gaufres.

L'hiver, à la veillée, quelqu'un disait : « Si on faisait les gaufres ? » L'un décrochait les fers, l'autre allait chercher une brassée de bois, la maman préparait la pâte. L'essentiel, c'est bien la farine, le sel et l'eau, mais cela donnerait de tristes gaufres si l'on n'ajoutait, suivant l'état du garde-manger, le beurre et le lait, la crème et les œufs.

On faisait cercle autour du feu. Mon père tenait le milieu, sur la chaise basse, et posait les fers sur la maîtresse bûche. Mission de confiance qui veut bien des vertus ! Patience et prudence, sens du temps, décision, résistance aux flammes et aux tentations.

Le fer ouvrait sa gueule fumante ; graissé d'un geste vif, il recevait ses deux cuillerées de pâte, puis, claquant des mâchoires, il revenait au feu, soufflant son vent et crachant ses bavures. Une minute, on le retournait ; une minute encore, il lâchait sa gaufre, brûlante, croustillante, et dorée. « Pour qui ? » disait mon père...

Le feu

Quand je ferme les yeux, je revois les feux de mon enfance : le feu du four et celui de la forge, le feu des pâtureaux dans le brouillard et celui des fanes, traînant ses fumées sur les champs ; celui des haies qui crépitent dans l'aigre mars, et même, une nuit, le feu ronflant d'un incendie.

Mais il est un feu, quotidien comme le pain et comme le lait : le feu de l'âtre, où je veux vous mener.

Chaque cuisine avait sa cheminée, haute et large, avec son manteau de pierre, posé sur deux consoles. Sur la tablette, brillaient les cuivres du crucifix, des lampes et des chandeliers. Sa hotte montait vers les poutres brunes, et quand on y renversait la tête, on suivait jusqu'au toit le noir conduit drapé de suie frémissante et à peine assez large pour les coudes et les genoux des petits ramoneurs.

L'âtre avait sa *taque* de fonte, carrée, épaisse et pesante. On y voyait le soleil de Louis le Grand, une femme nue sur des nuages ronds, un enfant joufflu, l'arc à la main, ou bien des feuillages, des écussons.

Aux deux encoignures, se tenait l'attirail des engins qui gouvernent le feu : la pelle de fer à long manche, les pincettes, la barre pour les tisons rompus, les crochets à pot, le soufflet. Le soufflet... jouet merveilleux, avec ses clous jaunes, ses rosaces et son ventre plissé. Il respirait, il geignait comme une poitrine, il irritait les braises et faisait voler la cendre, il jetait au visage son souffle froid, qui sent le cuir... mais comme on l'eût volontiers échangé contre celui du voisin, un vieux canon de fusil qui glaçait les lèvres et gonflait les joues !

Dans la chambre voisine — le *poêle* — derrière la *taque* ou *platine*, s'ouvrait un grand placard. C'est là qu'en leur sac de toile les pruneaux se couvraient d'une farine sucrée, que miaulaient les petits chats tard venus et que les levains paresseux se décidaient à monter.

Mon pauvre pays ne brûlait que du bois : sa maigre toison servait au moins à le chauffer.

La forêt des trois communes — Defcy et Champberceau — donnait l'affouage à chaque maison. Mais il s'y trouvait plus de fagots et de gaulis que de quartier. Pour le reste, les haies abondaient, et les broussailles. Il n'était guère de famille qui n'eût, reboisé par le vent et les oiseaux, quelque lopin de frênes, de vergnes ou de coudriers. Les jeunes vignes donnaient leurs sarments et les vieilles leurs souches. Par les jours de gel, en mitaines et cache-nez, les hommes s'en allaient « faire du bois ».

Chaque feu a son essence. Si l'érable — qui laisserait saint Pierre mourir de froid à la porte du paradis ! — ne convient qu'aux flambées d'été, le charme et le chêne soutiennent les feux du plein hiver ; avec le bouleau aux longues flammes huileuses, on épargne la lampe ; le sarment lèche la poêle des omelettes et des crêpes, l'épine noire chauffe le four. On gardait, pour la nuit de Noël, un vieux tronc de pommier au cœur rouge et sec.

C'est tout un art que d'allumer le feu. Il faut savoir creuser la cendre, échafauder ramilles et brins de fagot, glisser dessous la paille enflammée, poser dessus la bûche et le rondin. Ceux qui ne savent pas allumer le feu sont, comme ceux qui ne savent pas couper le pain, des bons à rien, pas même à se marier.

Gouverner le feu est une science. Si vous le fourgonnez trop, il boude, il fume, il s'éteint. Si vous le laissez à sa fantaisie, il part d'un bel élan, mais vous retrouvez des tisons le nez en l'air et la bûche à peine noircie. Il fallait voir mon grand-oncle Baptiste, comme il savait, pincettes en main, ménager l'air, tirer les braises, faire bondir la flamme et la calmer, remonter sans cesse sous la marmite l'échafaudage sans cesse détruit ! Pris par les yeux, je serais resté toute la nuit ; j'en oubliais les pommes de rambour qui, le ventre au chaud, crachaient leur âme dans la cendre.

Qu'il faisait bon, après le souper, dans le cercle arrondi devant le feu ! Images toujours pareilles et toujours nouvelles.

La lourde bûche qui vient de sonner contre la taque, jamais le feu n'en aura raison. Il le sait bien, il se contente de la caresser, de l'envelopper du jeu mouvant de ses langues roses et bleues, d'en piquer d'or les mousses desséchées. Le bois humide chante et pleure, l'écorce craque et souffle des jets de flamme claire. La sève fuit le cœur trop ardent que va mordre le feu vainqueur. La lampe pâlit, nos ombres dansent sur le mur ; au moindre choc, un bouquet d'étincelles pétille et fuit dans la nuit.

Le feu baisse ; chaque tison s'enveloppe d'un suaire de cendre ténue ; la lumière pâlit et s'endort ; elle mourra tout à l'heure, dans un sursaut de clarté.

Le feu accueillait les choses comme les gens. Ses chenets s'ouvraient généreusement à la troupe pansue des pots et des marmites, des coquemars et des coquelles. La crémaillère offrait son crochet ; chaque mets était traité suivant les règles. Si la potée cuisait à la diable et sans façon, la daube et la fricassée voulaient feu dessous et dessus ; le pot-au-feu frémissait dans la cendre, mais l'omelette grésillait en pleine flamme, et le gaufrier se carrait sur sa barre.

La braise, aux soirs de festin, fumait sous les grillades et les boudins, mais aux jours sévères du Carême, elle achevait le martyre du pauvre hareng desséché. Elle allait aussi dans les chaufferettes et couvets, si doux aux pieds gelés, aux doigts gourds dans leurs mitaines ; elle allait dans les bassinoires de cuivre découpé qui font d'un lit aux draps de chanvre roide, un four ardent et délicieux — elle allait même, fourrée de cendre, dans les sabots des petits, avant l'école.

Chaque soir, en bien des maisons, on couvrait encore le feu. Les vieux, les enfants et l'homme au lit, la maman restait la dernière pour des besognes jamais finies. Elle rassemblait les braises, recroisait les tisons, les recouvrait de cendre : manteau assez lourd pour endormir le feu, assez léger pour qu'il vive jusqu'au matin : alors une poignée de chènevottes, un souffle suffisaient.

De plus en plus et même en nos campagnes le feu devient un prisonnier. Combien d'enfants n'ont jamais connu le sens éclatant et doux du plus aimé des vieux mots : le foyer ! Réjouissons-nous donc quand nous pouvons allonger nos grègues vers un vrai feu de bois, quand nous voyons en quelque pré le feu d'un camp et des garçons enfumés, suffocants, retrouver, sans le savoir, le geste des ancêtres.

Le pain

L'homme ne vit pas seulement de pain, mais en ce temps-là, chez nous, c'est surtout de pain que l'on vivait.

Le souci du pain quotidien était toujours présent — ce qui n'est pas une façon de parler, mais une sévère, exacte vérité. Ce souci venait de loin. La mémoire des vieux, seules archives des pauvres gens, redisait les réquisitions de l'an II, la disette de 1816, les années de grêle et de blé germé. On avait payé le blé quatre francs le boisseau, mangé du pain de seigle et même de ce pain d'orge et de fèves dont la mie danse sous la croûte comme un grelot.

Le langage disait cela de cent façons. Il y avait la fierté de gagner son pain et la honte de le demander ; et chacun, qu'il fût bon comme du bon pain, ou grossier comme pain d'orge, ne souhaitait que le pain de ses vieux jours, en attendant la paix définitive du pain cuit pour toujours.

Sur la table, il tenait la première place. Manger les légumes ou le lard sans pain était un scandale, mais on avait l'habitude du pain sec, du pain « tout seul ». Ne l'aimant pas frotté d'ail ou parsemé de gros sel, je me suis fait parfois la plaisanterie d'un petit morceau sur le gros, sous le pouce, et mué en rôti.

Le pain en lèches faisait le fond de toutes les soupes, qu'elles soient trempées du bouillon de la potée, de lait ou d'eau claire. Grand-mère et petit-fils échangeaient un sourire édenté devant la même panade, et c'est sur une croûte de pain que les marmots bavaient généreusement pour calmer leurs gencives.

L'eau panée annonçait aux malades la fin de leur diète. Et que de tartines pour nos appétits des quatre heures ! Beurre ou lard, miel ou confitures, crème épaisse ou fromage blanc... Il y avait aussi de délicieuses rôties au vin sucré... et il y avait le pain sec qu'on emporte au lit, les soirs d'orage paternel ; pain de honte, qui se venge toujours ; qu'on le dévore sous le drap, les yeux cuisants, ou qu'on le dédaigne, on rêve de chiens méchants et on se réveille, les fesses mordues par les miettes enragées.

Nous ne connaissions guère que le pain de ménage, pétri et cuit à la maison. Le meunier — il riait de s'appeler Noirot alors que le maréchal s'appelait Blanchot — passait chaque quinzaine. Il emportait le blé, il rapportait farine et son. De loin l'annonçaient les grelots de ses quatre chevaux ; des épaules puissantes s'encadraient dans la porte, et, aussi à l'aise sous ses cent kilos que s'il n'eût eu qu'une rose à la bouche, le garçon meunier faisait gémir le grenier sous ses bottes. Poudré de blanc dans son coutil bleu, le poil fleuri de farine, il buvait debout son verre de vin et s'en allait plus loin.

Ma mère cuisait dix pains de huit livres ; ils ne faisaient pas la semaine. « Mon Dieu, disait-elle, il n'y a plus qu'une miche ; il faut que je cuise demain ! — Quels dévorants, grondait mon père ; mieux vaudrait les tuer que les nourrir ! — Allons, il vaut encore mieux aller au moulin qu'au médecin. »

Le travail des champs et des vignes passait d'abord, les besognes de la maison venaient par surcroît. Nos femmes piochaient, fanaient, moissonnaient, comme les hommes. Combien de fois le pain n'a-t-il pas été fait entre les deux Angélus, celui du soir et celui du matin !

Chaque maison gardait son levain, un reste de pâte aigrie, collé au fond d'un pot à fleurs bleues. On le flairait, on le tâtait du doigt, et puis, au travail ! Combien de fois, de mon lit d'enfant insoucieux et à moitié endormi, ai-je entendu le choc assourdi de la pâte dans le pétrin ! Pendant près de cinquante ans, sans souci de l'heure, ma mère a préparé l'eau et le sel, délayé farine et levain, mélangé, brassé, donné à notre pain la force de ses bras et de sa poitrine. Elle était forte, et quand la force défaillait, il restait le courage.

La belle pâte lisse, déjà bossuée de bulles, reposait un moment dans le pétrin. On préparait les corbeilles d'osier blanc, *cabas* ou *beuchins* ; on les saupoudrait de fleur de son. Chacun recevait sa part, mol écheveau mouvant aux deux mains tournantes. Et puis, sous la laine et l'édredon, la pâte levait, plus ou moin vite, suivant le temps et le levain. Quelle émotion quand, oubliée le temps d'un court sommeil, on la retrouvait fuyant des corbeilles !

Chaque maison avait son four, soit au-dessus du foyer, soit dans une petite chambre, et souvent son toit rond faisait au-dehors comme l'abside d'une chapelle. La voûte était de briques, parfois de terre battue et cuite, d'un seul bloc. On allumait le feu au bord du four et peu à peu, on le poussait vers le fond ; les épines noires de nos haies, qui avaient menacé les épis, cuisaient le pain. Dans le four ardent, des fagots entiers s'allumaient d'un seul coup, en crépitant, et la flamme, coulant en nappe, fuyait vers la cheminée comme une cascade renversée.

Il fallait gouverner ce feu, manier à bout de bras racloir et fourgon, amonceler les braises... A la voûte noircie paraissait une fleur de cendre claire, qui gagnait les bords : le four était à point. Sa porte de fer close un instant, on enfournait.

C'était le moment où il convient de n'avoir point « les deux pieds dans le même sabot », et ma mère nous mettait lestement dehors. Sur la grande pelle, d'un geste vif, pan ! elle renversait chaque cabas ; la pâte devait se détacher du coup. Avant même qu'elle eût commencé de s'étaler, la pointe du couteau l'avait fendue en croix et elle sautait dans le four, à sa juste place. Cela dix fois de suite, les cabas vides valsant, et puis l'on avait le droit de souffler.

Dix minutes plus tard, dans le four entrouvert, on voyait les pains blonds monter en dômes craquelés, assez fermes déjà pour se ranger docilement sous une poussée légère. Au bout d'une heure, on tirait le pain ; les miches rousses et bruissantes se refroidissaient lentement, pendant que, par la porte ouverte, l'air chaud bondissant par-dessus les toits s'en allait porter dans tout le village l'arôme du pain nouveau.

Le four ne restait pas vide. C'était le tour des galettes : simple reste de pâte qu'on mangera brûlant, frotté de beurre et de gros sel ; vraies galettes à losanges, qui connaissent les œufs et la graisse ; tartes aux quetsches et aux mirabelles, flans de vermicelle et de fromage... Il y avait toujours, sur le seuil de la vieille chambre, des museaux ingénus qui attendaient.

Et que ne glissait-on pas dans ce four complaisant ? Les pommes de terre du souper, la daube en sa casserole, les séchoirs de prunes, de poires en quartiers, les cosses de pois pour brunir le bouillon, et jusqu'à la plume des volailles, avant d'en bourrer les oreillers.

On nous refusait le pain tout chaud, mais quel régal que le pain tendre ! Plusieurs jours de suite, ce pain de ménage était exquis. Rassis, il était encore bon, et nos appétits d'enfants ne disaient jamais assez. Le pain trompait notre impatience en attendant le souper, et il servait parfois de dessert. Nous préférions la croûte à la mie et, quand nous étions seuls au moment du *marender*, la miche prenait une singulière figure. Mon père ne demandait pas qui avait « talonné » ; un couteau justicier refaisait l'équilibre et distribuait la mie aux innocents comme aux coupables.

Il arrivait que le pain fût manqué : chaleur ou froid, levain ou farine... je ne sais, mais la pauvre maman n'était pas plus fière des galettes anémiques que des orgueilleuses levant trop haut une croûte vide et noircie. Ces miches s'en allaient comme les autres, et aussi le pain moisi des étés humides, fleuri de jaune et de bleu. « Cela te fera grandir... » et puis « tu en verras d'autres quand tu seras soldat ! » — On ne croyait pas si bien dire.

Les fours silencieux pleurent dans le noir et s'effondrent. Les maies délaissées songent sous leur couvercle. Pour trop peu de jours encore, les vieux bras lassés se souviennent de ce que les jeunes n'apprendront plus. Les petits ne savent plus ce qu'est le mystérieux, le délicieux « pain au lièvre » qui nous revenait des champs au fond de la hotte. Et plus jamais, je ne porterai à la tante Sœurette son pain d'une livre, un pain fendu dont j'écornais l'angle blond, plus savoureux que la brioche.

De Noël au Jour de l'An

Dites-moi pourquoi les Noëls d'autrefois sont tous enveloppés de neige et étincelants d'étoiles ? S'il en fut de maussades, ma mémoire d'enfant n'en a rien retenu. Noël ne sera jamais un jour comme les autres ; Noël, c'est la veillée, c'est la messe de minuit, c'est le réveillon.

Le sommeil prenait les petits sur leurs chaises basses, sur les genoux de la maman ; on les portait au lit. Les grands avaient le droit de veiller et d'attendre.

Mon père posait sur les chenets le tronc de pommier, la lourde souche de charme ou de noyer qui attendait depuis des mois. Je l'entends qui sonne contre la taque, je la vois, noueuse et bossue, avec ses mousses et son écorce crevassée.

On fait cercle autour du feu, les femmes à bonne distance, sur leur couvet, avec l'aiguille ou le tricot, les hommes tisonnant, les enfants se rôtissant les *grèves* et buvant de tous leurs yeux la féerie des étincelles.

La vieille horloge fait son tic-tac ; elle pousse lentement ses aiguilles vers les heures et les demies. Par la cheminée, descend la grosse cloche du premier coup, le tintement d'argent du deuxième coup, les volées unies du dernier appel. Quelle étrange musique, ces cloches dans la nuit ! On se hâte de garnir les chaufferettes et de couvrir le feu, on s'emmitoufle de capelines et de cache-nez, et l'on s'en va vers l'église, laissant dans la maison la flamme palpitante qui dit à travers la vitre : « Je suis là, je vous attends. »

La messe de minuit, c'eût été le froid tombant sur les épaules et mordant les orteils, c'eût été, sans la crèche, pénitence et déception. Mais la crèche était là, la crèche que les dames du château dressaient à la droite du chœur. Quand je poussais la petite porte, cela me sautait aux yeux et ne me lâchait plus. Des rochers gris et bruns, à grandes cassures, faisaient une grotte à la fois sombre et claire. De grands sapins l'abritaient, tout saupoudrés d'une neige miroitante. Dans un halo de lumière, le bœuf fauve et l'âne gris soufflaient leur haleine ; Joseph et Marie à genoux se faisaient vis-à-vis. Couché sur la paille dorée et bien rognée de son berceau, le petit Jésus levait ses genoux et tendait ses bras. Perdus dans les branches, des feux rouges, bleus, violets faisaient un ciel plus beau que le vrai ciel, en ce moment tout scintillant d'étoiles.

Il fallait cette magie pour me faire oublier les échardes de l'onglée et la lenteur de l'office. Je ne songeais guère à me demander ce qu'étaient au juste ces rochers de papier, cette neige, ces étoiles de verre. J'attendais les rois mages et les bergers... on partait avant leur venue, dans un remuement de sabots.

Et les étroits sentiers dans la neige revoyaient les

mêmes silhouettes noires, chaque groupe vers son logis. On tapait les pieds sur le seuil pour en détacher les *bottes*, la clé faisait ses deux tours dans la serrure et l'on se retrouvait à l'abri dans la tiédeur de la cuisine.

Beaucoup plus tard, j'ai lu dans les livres que les villes ont des tables éblouissantes, des cristaux, des rires, des toilettes, des huîtres, du champagne... et que cela s'appelle un réveillon. Chez nous, il en allait autrement.

Quand elle avait refermé la porte et rallumé la petite lampe de cuivre, maman disait, toute resserrée encore dans son fichu : « Maintenant, nous allons réveillonner. »

La table était vite dressée. A côté de la chatte qui regardait les braises, le pot noir avancé dans les cendres nous gardait un jambon, longuement mijoté dans son court-bouillon. Elle n'avait pas la saveur des autres, cette tranche grasse et maigre, rouge et rose, onctueuse et salée, que l'on mangeait si tard dans la nuit. Y avait-il autre chose ? Une gaufre, peut-être, sèche et croquante, bien meilleure quand elle était roussie, et un verre de vin chaud. Dans le saladier, une bouteille du vin de nos vignes, tiédie au coin de l'âtre ; du sucre, un peu d'eau et pour finir, le manche de la pelle rougi dans les braises : le vin sifflait, bouillonnait, se couvrait d'écume blanchissante. Le verre réchauffait les mains jointes, puis chaque gorgée descendait comme un feu vif et doux.

Au lit, je retrouvais le petit frère endormi, couché en travers dans les draps froissés ; je retrouvais le cruchon d'eau chaude faisant la belle jambe dans un bas à côtes... Il n'y avait plus qu'à dormir.

Le petit Jésus, le Père Noël me pardonneront si je les néglige ; ils ne venaient guère visiter nos sabots. Nous étions sans doute trop éloignés des grandes routes et même de la grand-rue.

L'année finissait, elle aussi, par une longue veillée. On disait aux enfants qu'il ne tenait qu'à eux de voir, à minuit sonnant, s'en aller le mystérieux ANFA — l'an fait — et paraître le Nouvel An. Mais il fallait sortir du village, monter jusqu'à un carrefour de croix et de chemins, sans peur de la bise, de la Dame Blanche et des revenants. Personne n'y fut jamais.

Le jour gris n'avait pas touché nos rideaux que nous étions réveillés. Le craquement du fagot dans la cuisine nous disait le feu flambant. Alors, nous sautions du lit et nous courions souhaiter la bonne année à nos parents. Il n'y avait pas deux façons : depuis toujours et pour tous la même formule : « Je vous souhaite une bonne année, une bonne santé, le paradis à la fin de vos jours. » Ajoutez la musique chantante et traînante qui donne aux mots leur goût de terroir.

Quelle impatience de courir chez la marraine, chez le parrain, les oncles et les tantes, les grands-parents ! On entrait, on bredouillait sa « bonne année », on rencontrait une joue piquante, un bout de nez froid et l'on attendait ses étrennes.

La bonne voix cordiale de mon parrain brodait plaisamment les mêmes variantes : « La bonne année... la goutte au nez ! » et : « Le paradis... tout de suite ! » Esprit de chez nous, que personne ne songeait à mépriser. Sur la longue table du poêle, une marraine scucieuse de ses devoirs avait aligné pour ses filleuls ces pipes en sucre, des pains d'épice, des pralines, des oranges et de ces « papillotes » dont le papier frisé cache un gros fondant rose et une minuscule machine infernale. Les premiers arrivés choisissaient.

On courait de là chez l'oncle, puis chez le grand-père, qui avait préparé son écu, et puis chez la grand-mère Nanette, et puis chez la tante Sœurette, qui n'oubliait jamais l'utile...

Journée d'allégresse et de politesses, remplie par les visites entre parents et voisins, après le grand échange de souhaits sur la place, à la sortie de la messe.

Partout il fallait trinquer. Belle journée pour les amateurs de goutte ! De maison en maison et de voisin en ami, ils s'arrondissaient une jolie gaieté qui ne dépassait pas la mesure. La tabatière du brave Monnot, le tambour, ne chômait guère, et je crois bien que c'est un Jour de l'An que je me suis mis dans le nez le premier grain de tabac.

Le soir, on recensait ses richesses. Les bonbons disparaissaient vite, et le chocolat, et les pains d'épice. Mais les oranges duraient longtemps. Alignées sur une tablette de l'armoire, elles attendaient qu'on vînt les chercher pour le partage ou la salade au kirsch. A force de ménager, combien ont été oubliées ! Elles se desséchaient, se ratatinaient sournoisement, devenaient de petites balles coriaces et vides, dont l'écorce sonnait comme du bois. On se promettait alors une sagesse plus avisée... mais comme il est difficile de renoncer à l'épargne, quand on en vit !...

Images de l'hiver

C'est jeudi. J'ouvre les yeux dans l'alcôve ; la première flambée de sarments craque et ronfle ; l'air froid sent le café et le pain grillé. Comme on est bien ! Qu'importe que le matelas soit en plume de loup ? Il fait chaud, ne bougeons pas ; tournons seulement la tête vers la féerie des vitres fleuries par le gel.

Que de voyages immobiles j'ai faits ainsi parmi les feuillages dentelés, les fougères, les palmiers d'argent, les grèves au bord des lacs, les rochers et les cascades ! J'y retrouvais les Exilés dans la Forêt, Flora sous les Mers et les Chasseurs de Plantes. Voilà un autre jeu que de suivre, aux plis du rideau, le sempiternel perroquet sur son arbre sans fin !

Si je finissais par dénicher sous l'édredon la culotte et les bas, par me glisser dans mes sabots, c'est que la neige m'appelait.

La veille déjà, elle s'annonçait dans le ciel d'ardoise, le vent hésitant et cette aigreur de l'air, qui ne trompe pas. Larges duvets qui descendent lentement, poudre piquante qui fuit, tourbillonne, remonte au ciel et retombe, elle était là. Silencieusement, elle avait posé sur le pauvre village gris, sur ses toits noirs, ses rues boueuses et ses fumiers, sa blancheur immaculée.

Quel plaisir d'en recevoir le premier éblouissement, de la toucher, de la goûter, d'y imprimer son sabot, de s'y laisser tout d'une pièce tomber en belle place, pour y faire son portrait !

Devant chaque maison, grand remuement de pelles et de balais. Il faut frayer les chemins qui vont aux étables, aux jardins, à la rue. Quatre chevaux poilus et fumants s'ébrouent à tirer en zigzag le traîneau communal.

A nous les pelles et les bêches, car si, chez nous, le bonhomme de neige n'est qu'une histoire de livres, de toute antiquité on a entassé la neige en forme de cabanes, on y a creusé des fours, des galeries. Les mamans peuvent appeler, crier, gémir, menacer... rien n'y fait. Si elles ne vont pas jusqu'aux taloches, c'est — comme on dit — qu'il faut ce qu'il faut.

Glissades... On ne va pas à la rivière, qui est trop loin et qui, nourrie de sources tièdes, gèle rarement. On a peur de la glace et du trou noir qui est dessous. Mais les ruelles sont à nous, et la coulée brune des fumiers, et les friches de la Roche.

Faire une glissoire est œuvre longue et délicate. Il faut en choisir l'assiette, le départ, l'arrivée contre un mur, un tas de fagots, frayer dans la neige molle la première piste. Des attelages de marmousets traînent les grands, aux larges sabots plats. On court, on sue, on cire, on discute, on expulse les sabots ferrés, on s'essuie le nez du revers de la manche. Peu à peu, la neige se tasse, durcit, brille ; quelques seaux d'eau à la nuit, le gel et le clair de lune achèveront le miroir.

Chacun glisse suivant son style et son courage. Les

intrépides se lancent, filent tout debout, les mains aux poches, sur un pied. Les peureux vacillent, bras et jambes écartés, penchés en avant, accroupis, des béquilles aux poings. Les apprentis font la piste sur le ventre ou sur le dos ; on s'élance à la file, on se rejoint, tout culbute et dévale et s'entasse avec des hurlements de joie. Bras et jambes se dénouent par miracle et cela recommence.

Nos glissoires étaient la terreur des vieux à bâton, des femmes qui vont à la prière et des vaches qu'on mène à la fontaine. Que de grommellements, de « brigands » et d'« arsouilles » ! On se souciait peu des injures, mais quelle rage quand au matin on trouvait la glissoire poudrée de cendre ou de balle d'avoine ! Rien à faire que de recommencer ailleurs.

Certains jours de glissade m'ont valu la correction complète : les mots, les gestes, le pain sec et le lit. Mais quelle soirée sur cette rigole glacée, miroitante et qui donnait des émotions de montagnes russes ! J'avais le nez pourpre, les mains gonflées, les cuisses et les mollets brûlés par la laine humide... tout cela n'était rien... L'irréparable, c'est que — bridés tout neufs le matin — les sabots étaient percés.

Batailles... On se guette à l'angle des maisons, sous le porche des granges, derrière la murette des cours. De chaque côté les renforts arrivent ; l'escarmouche devient combat.

C'est là qu'on voit les braves et les malins, ceux qui connaissent les cailloux dans les branches, les ricochets sur le gué. Les froussards lancent n'importe quoi, n'importe où ; les petits, accroupis, font des boules.

Les projectiles se croisent en courbes molles ou tendues. De temps en temps, un coup heureux tape sec sur un œil, sur une oreille ; ailleurs cela ne compte pas. On s'enhardit, on se découvre ; bientôt ce sera la charge, on se fusillera à bout portant, on pillera les arsenaux, on se fera manger de la neige à poignées.

Malheur au civil qui se hasarde dans la zone dangereuse ! Si le gars est solide et décidé, il ne craint pas grand-chose ; il passe nonchalant, les mains aux poches et l'œil narquois. On se rattrape sur la vieille Marie qui va orner l'autel de la Sainte Vierge, sur la petite Jeanne qui porte la soupe à son grand-père. M. le Maître pourrait bien, demain, tirer les oreilles et coller des retenues. Mais comment échapper aujourd'hui à l'ivresse du combat ?

Images du gel... La bise fait poudroyer la neige. Aride et glacée, elle crie sous le pied comme la petite souris des champs. De la glace partout : en bloc dans l'auge des poules, en masses de caramel au flanc des fumiers, en gros yeux troubles et crissants aux flaques du chemin, en draperies et poignards étincelants tout au long des vieux toits... Il fait soleil !

Images du dégel... Une douceur subite venue on ne sait d'où... Tout le village ruisselle et chante, ce matin. Les toits pleurent, les tuyaux crachent, les ruisseaux s'engorgent et inondent la rue. C'est le jour des digues, des réservoirs, des aqueducs et des écluses. On élève des barrages, on les renforce, on les fore, on les crève. Les mamans ne trouvent plus leur pelle à feu, et le soir, quand tout le monde sera couché, que de culottes et de chaussettes, fumant en cercle autour de l'âtre, causeront silencieusement du dégel, pendues aux barreaux des chaises !

Images de l'hiver autour du village... La neige sur les champs et sur les prés ; le ruisseau pris dans la glace ne chante plus qu'à la pente du gué, qu'au dos du déversoir ; des corbeaux passent. Dans la haie, neige aux feuilles de la ronce, neige aux flocons de la clématite ; un petit oiseau roux sautille, muet.

A la vieille fontaine, l'eau limpide coule, indifférente à ces choses du ciel. Glacée en août, la voici tiède et qui fume. Comme en été, des tiges vertes y ondulent et des bêtes s'y promènent.

Aux friches de la Roche, à grands souffles et à grandes suées, nous avons roulé une boule plus haute que nous. Nous l'avons assise tout en haut de l'échine grise et fauve ; elle va y rester tout l'hiver, braver le dégel ; elle y sera encore quand la dernière neige aura disparu, à l'ombre froide du sapin.

C'est pour elle que reviendront la pluie, le soleil et le *droit vent ;* ils la feront de plus en plus bossue, de plus en plus menue et grisonnante. Un jour, il n'y aura plus à sa place qu'une pincée d'herbe sèche et de terre rousse : alors, alentour, on verra poindre l'argent soyeux des anémones de Pâques.

Le forgeron

Que de fois, dès l'aube, me suis-je éveillé au tintement d'une enclume ! Notre voisin était déjà dans sa boutique.

C'était un homme trapu, le dos rond, une grosse tête aux yeux jaunes enfoncée dans les épaules, la barbe buissonnante et les sourcils hérissés. Il gardait en toute saison sa casquette noirâtre, la chemise roulée au-dessus du coude, un tablier de cuir et des sabots. Il sentait la sueur et le tabac, le fer et la fumée.

A peine connaissions-nous son véritable nom ; de son tour de France, il avait rapporté le nom de sa province.

J'ai passé d'innombrables heures dans sa boutique. On le disait de caractère difficile, jaloux et grognon, expert à vivre en mauvaise intelligence avec ses clients. Mais il n'était certes pas méchant, puisqu'il me supportait ; j'étais auprès de lui une espèce d'animal familier, comme son roquet blanc, Marteau.

Quand il était de bonne humeur, il me laissait tirer le soufflet. Ses propos étaient rares et savoureux : « Sauve ta graisse ! » criait-il en tirant du feu le fer rougi, et, quand ma curiosité maladroite avait provoqué quelque catastrophe : « On touche avec les yeux et on regarde avec les doigts ! » — ce qui n'est pas si sot ! Pesant sur la pédale et tapotant la braise, il chantait d'une voix aigre et fêlée la chanson que voici, dont il n'a jamais dépassé le second vers :

« Quand tu feras ton tour de France.

Les morpi-ons te mangeront... »

J'entendais en toute candeur le nom de ces monstres inconnus.

A la fois sombre et claire, la boutique du maréchal avait un portail vitré et quatre grandes fenêtres. Elle donnait au fond sur un jardin et par-devant sur une courette encombrée de charrues et de herses, de roues et de brancards.

La forge, adossée au mur aveugle, tenait le milieu avec ses deux foyers affrontés, l'eau noircie de ses auges de pierre, sa ceinture de pinces le bec en l'air.

Au-delà des enclumes se logeait tout ce qu'il faut à un forgeron qui est aussi charron et serrurier : les étaux, les machines à percer et à cintrer, la scie à ruban, les tours, les établis et les tréteaux. Les bois et les fers se dressaient le long des murs ; aux poutres pendaient des guirlandes de fers à cheval ; on marchait dans la limaille et les copeaux.

Je n'ai pas épuisé les plaisirs de la forge. Voir éventrer le foyer mort, en extraire les scories boursouflées, apporter les copeaux et le bois sec, guetter la première flamme dont l'élan rouge crève les torsades de fumée... Suivre le minutieux travail de la pelle qui dresse le cône de charbon, du balai qui l'arrose !... tirer de toute sa force sur la tringle du soufflet qui, dans le grenier, ronfle et gémit, pendant que la flamme victorieuse fait danser les ombres... attendre la première étoile crépitante qui dit : le fer est chaud ; fuir alors que le marteau sonne et danse et lance ses paillettes éblouissantes — revenir au soufflet pour la deuxième *chaude* et rendre sa flamme au foyer qui languit.

Notre vieux maréchal n'était pas un brûle-fer. Son œil infaillible menait la barre à l'exacte nuance, et si, pour les grosses pièces, la tuyère donnait tout son vent, c'est à petits coups prudents qu'il recuisait la tringle et l'anneau.

Devant l'enclume, il ne connaissait personne. Insensible à l'ardeur du métal, aux étincelles et au bruit, possédé d'une espèce de démon rageur et lucide, sa pince agile offrait la pièce à la danse du marteau. Et le fer s'écrasait, s'arrondissait, se gonflait, s'étirait, se ployait devenait lame, soc, coutre, maillon. Il descendait la gamme qui va du blanc éblouissant au rose vif, puis au rouge de plus en plus sombre ; les rognures tombaient devant l'enclume et j'y ai appris que revenu au bleu d'ardoise, le fer est encore chaud.

Il fallait parfois frapper devant. Le forgeron avait recours à un confrère, à moins qu'il n'eût des apprentis. L'un de ceux-ci était mon ami et s'appelait Zéphirin ; il avait de bonnes joues et de grosses lèvres, ce qui le destinait au cornet à pistons. Il en jouait au bord du vallon, les soirs de mai, et cela faisait sur le village une musique qui remuait obscurément les cœurs.

Vingt spécialistes suffiraient à peine aux travaux du maréchal. Je l'ai vu braser et souder : il forgeait les serpes et les pioches, il rafistolait les serrures, il limait les clés ; il s'était fabriqué — à ses moments perdus — un superbe revolver ! Sa machine à percer roulait en tire-bouchon des copeaux merveilleux, qui sentaient le pétrole et le savon. Le tour à bois ronflait. La seule fois où j'eus la permission de m'en servir, la gouge s'échappant de mes mains me frôla le nez et s'en fut dans le jardin, à travers la vitre. Je prétendais tourner un pilon ; le pilon inachevé porte toujours, après quarante ans, l'encoche imprévue qui marqua la fin de l'entreprise.

La forge avait des heures paisibles. Le couteau à deux manches aux poings, notre homme arrondissait l'âge et les mancherons d'une charrue ; il mortaisait jantes et moyeux, il limait la volute d'une grille, il promenait sur le bois et le fer un pinceau chargé de minium ou de cobalt.

De la charrue, de la herse, du chariot, il faisait tout, sauf l'essieu, le versoir, le moyeu. C'est grâce à lui qu'aujourd'hui encore me parlent la lueur jaune d'une brasure, l'éclat bleu ou violet de la trempe ; c'est grâce à lui que je traite en amis l'acacia doré, l'orme veiné, le chêne et le hêtre pailletés, le sapin qui roule sous la varlope ses anneaux parfumés.

Ne croyez pas que ce maréchal ne ferrât jamais de chevaux. Les grandes séances se tenaient le dimanche matin. Parfois huit ou dix bêtes attendaient, attachées à la grille du jardin, les unes placides, les autres ruant ou se mordillant la crinière. Chacune à son tour venait à l'anneau d'angle, et les rites habituels se succédaient.

Les pacifiques se laissaient lever le pied, gratter et

parer la corne ; le fer ajusté, les broches entraient à grands coups mats ; en un clin d'œil elles étaient tranchées aux tricoises ; un coup de râpe et c'était le tour d'un autre. Quand cet autre était un vieux rétif ou un jeune fou, le quartier entrait en émoi. En aucun lieu on n'a plus abondamment invoqué le Seigneur et d'innombrables dieux ; je fuyais ce déchaînement de ruades et d'écarts, d'injures et de coups, et l'affreux spectacle de naseaux tordus dans un garrot.

Mais l'infecte odeur de la corne venait nous chercher jusqu'en la cuisine ; elle se mêle encore pour moi au parfum d'un savon du Congo dont nous nous frottions le nez avant la messe.

Le grand événement de la forge était l'embattage des roues. Quand le maréchal avait percé ses moyeux et ajusté ses rais, courbé et soudé ses fers, on adossait les roues et les cercles aux ridelles d'un chariot ; on comblait l'entre-deux de paille et de fagots et l'on descendait vers la rivière.

A une place, toujours la même et dont la terre était cuite, on posait les cercles sur des pierres, on allumait un grand feu. Les aides portaient le bois, tiraient les braises, roulaient les roues.

Chacune recevait son cercle, crocheté dans le brasier et qu'en vingt secondes le maréchal avait ajusté, enfoncé à grands coups de masse dans les jets de flamme et de fumée. Quelle agitation, quelle chaleur, quels nuages sous les eaux d'eau brandis, quelle importance pour le maître du jeu !

Mais au retour, quelles cruches de vin frais ! Le maréchal n'en manquait pas, dans sa cave où il allait parfois aux jours d'été, sa petite tasse à la main.

Sabots

Mon village vivait en sabots. Sabots de travail, sans bride et à grosse bosse sur le cou-de-pied, sabots du dimanche à large bride fourrée, sabots ferrés de clous et bardés de fer-blanc, sabots de femme légers et découverts…

Les souliers étaient un luxe. La première paire venait avec la première communion et les pieds y étaient au large. Mais à cet âge, on grandit vite et les souliers devenaient bientôt des instruments de torture, au grand étonnement des parents, qui ne se souviennent jamais de rien. On aimait mieux ses sabots, ou rien du tout.

Nous avions cinq sabotiers, qui ne chômaient guère. Point d'autre bois que le noyer. Il a fallu le progrès pour que des machines qui ronflent viennent tailler dans le tremble, le hêtre, le bouleau, tous les bois sans nerfs, des sabots sans âme, qui vont à tout le monde et à personne. Chez nous donc, on ne connaissait que le noyer. Chaque automne, il en tombait quelques-uns, mais le troupeau des têtes rondes, le long des chemins, n'en semblait pas diminué. Sortis de terre jusqu'aux racines, dépecés au va-et-vient chantant du passe-partout, ils venaient s'empiler dans la cour. Attendant leur tour, ils servaient à nos jeux d'escalades et les tuiles creuses de leur écorce nous faisaient des boucliers gaulois.

Tout servait dans l'arbre. Dans la branche, dès qu'elle avait la grosseur suffisante, les sabots des petits ; dans le tronc, les gros sabots de travail, et dans la chair brune et lâche de la racine, les sabots qui se moquent du verglas.

Le sabotier commençait par débiter et fendre son bois à la grosseur du sabot, puis, comme le sculpteur devant le marbre, il ébauchait ; tous ses travaux sont encore devant mes yeux.

Sur le billot à trois pieds, la large hache à fer plat et à manche tors taillait le plan de la semelle, arrondissait le dessus, arquait l'arrière, indiquait la pointe. Un trait de scie limitait le talon. La hachette à fer courbe le dégageait, puis à petits coups elle attaquait le modelé de la pointe, la cambrure du talon, le méplat où l'on allait creuser. Le bloc tournait docile, offrait ses faces à l'outil : on voyait naître la forme et l'on comprenait que la sculpture est le plus simple des arts.

Le sabot plein est serré entre ses coins, sur l'établi. La tarière, maniée à grands tours de bras, y creuse deux trous voisins ; la grosse *cuiller* tranchante, faisant pince et levier, soulève, éclate le bois qui les sépare puis, à droite, à gauche, en avant, en arrière, au fond, elle taille, tranche, mord, grince et racle.

Il reste le plus difficile : creuser en tunnel l'évidement du pied. Tour à tour tarière et gouge jouent leur jeu, vont chercher le copeau dans tous les plans, suivent les fibres ou les tranchent, font chacune leur musique aigre ou sourde et mettent le sabotier dans des postures que nulle gymnastique n'a prévues. C'est ici qu'on attend le novice ! La tarière s'enfonce allégrement dans son trou... et voici qu'à l'autre bout sa pointe jaillit comme un museau de taupe... sabot percé ! La gouge rencontre un nœud coriace, une fêlure invisible... la jeune force aveugle s'obstine... sabot fendu ! L'ébauche s'en va au tas de copeaux. Le vrai sabotier connaît la matière et l'outil ; bien planté sur ses deux jambes, il a le souple jeu de la main, du bras et du torse. Ses doigts allongés mesurent l'épaisseur ; sa main palpe la semelle, en épouse les contours ; elle sait comment l'hôte sera reçu.

C'étaient alors les menues façons du finissage : le couteau à *déborder* qui adoucit les arêtes, la raclette d'acier qui efface les méplats et fait aux flancs du sabot tourner la lumière comme aux flancs d'une barque. Il restait à fleurir les sabots des femmes et des filles : feuillages naïfs, étoiles, palmettes enlevées à la gouge. Les autres se contentaient de la patte de lièvre qui, trempée dans une mixture aigre et bleuâtre, les habillait de noir. Les clients pouvaient venir.

Ils venaient, les clients, dans leurs sabots, clic-clac, ils cherchaient chaussure à leur pied, ou bien on leur prenait mesure, d'un brin de saule ou d'une chènevotte, judicieusement rogné, suivant la saison et le chausson. Les bons clients causaient du temps, de tel orteil chevauchant qu'il fallait loger à l'aise. Les grincheux trouvaient que les sabots sont bien chers et vite percés. Que répondre, sinon que du bois n'est pas du fer ? Il n'y a que la peau du talon qui s'épaississe à l'usage, comme en témoignait le pied « déchaux » de l'un ou l'autre.

Chaque sabotier avait sa façon, qui signait son ouvrage. On reconnaissait l'un à sa rude gaucherie, l'autre à ses becs en galoche, un troisième à son galbe étriqué. Mon sabotier, lui, liait le bec au talon par un beau jeu de courbes pleines, modelait la semelle sur la cambrure du pied et festonnait le bord en accolade. Quelle que soit la façon, d'ailleurs, le prix était fait : vingt sous pour les hommes, quinze pour les femmes et dix pour les enfants, « faire et fournir », comme pour la brioche.

Le sabot est la chaussure idéale, quand on en a l'habitude et l'usage. Léger, solide, indifférent à la pluie, à la boue et au froid, quel que soit le temps, il tient le pied au sec et au chaud ; les orteils s'y épanouissent à l'aise et en secret, narguant les engelures.

Mais il fallait savoir le porter et pendant longtemps les marmots toujours courant se heurtaient les chevilles à chaque pas. Il s'écorchaient les deux bosses que le bon Dieu a mises là on ne sait pourquoi, et faisaient la grimace quand il fallait en décoller la rude laine des bas.

Les sabots faisaient le désespoir des parents. Sabots perdus, sabots fendus, brûlés, débridés, percés, que vous avez valu de gémissements, de gronderies, de schlagues et de pain sec ! J'ai dit comment il me suffit une fois d'un seul après-midi pour exterminer une paire de sabots tout neufs.

Rien ne fait plus joli feu qu'un vieux sabot. La flamme d'abord le lèche, le caresse, l'enveloppe, cherche curieusement ce qu'il y a dedans, pointe sa langue par le trou. Il se pique au jeu et se met à flamber de partout, fleuri de flammes claires. Le talon brûle encore que le reste n'est plus qu'un frêle sabot de braise rose, vite écroulé.

Certains vieux sabots ont une fin plus douce. Un clou les fixe au mur de la cuisine ou de la chambre à four, pour de menus objets. Notre cheminée en avait deux, l'un pour les allumettes soufrées, l'autre pour les allumettes de contrebande. C'est ici que je puisai innocemment, un jour, pour la pipe du brigadier, sous l'œil éperdu de ma mère.

Mais l'innocence du brigadier fut égale à la mienne.

Dans la grange

Nos granges de vignerons n'ont pas belle apparence. Point de cintres en pierre, mais une *couverte* de chêne équarri, que n'arrivent pas à toucher les chars de gerbes et de foin, un sol de terre battue, des murs sans crépi, un fenil de lattes fendues et mal jointes. Derrière la cloison, l'étable ; on pousse une glissière et l'on sent un souffle tiède sur sa main.

C'est là que j'ai vu battre au fléau et que j'ai aidé nos gens à égrener leurs gerbes.

Deux fléaux dorment dans la grange, depuis plus de trente ans. Leur manche d'épine noircie est nerveux et souple ; le battoir de frêne rond a été poli par les gerbes, et j'admire toujours les savantes ligatures de cuir pâle qui assemblent manche et battoir, les laissant jouer l'un sur l'autre.

Pour battre en grange, on alignait les gerbes sur deux rangs, épi contre épi. Les batteurs, en chaussons de droguet bleu, se faisaient face, avançant, reculant ; ils brandissaient le fléau en cadence alternée : pan, pan-pan, pan. Cela faisait une musique de chocs pressés, clairs sur les épis, plus sourds sur la paille. Les gerbes *ébecquées*, on les déliait pour atteindre les épis cachés. De temps en temps, le bruit cessait ; du manche, on retournait les gerbes, et cela reprenait...

Le battage durait des semaines et des mois. Nos vieux racontent qu'on s'y mettait avant le jour et qu'on poursuivait à la veillée. Au mur des vieilles granges, on voit le trou qui recevait la lanterne de corne, et l'on dit qu'un laboureur fut rencontré, furieux, et grommelant, à la recherche de ses batteurs : « S'ils ne voulaient pas venir, ils n'avaient qu'à le dire hier ! » Il était trois heures du matin, en janvier.

A fléau de bois, van d'osier. Le vanneur, jambes écartées et fléchies, appuyait le van contre ses cuisses et le maniait de droite à gauche, de bas en haut, par secousses, sur le seuil de la grange. Tout d'abord s'envolaient les balles et la poussière ; le va-et-vient rassemblait grenailles et fétus. Nous nous demandions par quel prodige le grain jaune et pur glissait sous cette écume. Le vanneur valait le faucheur ; si sûr était son poignet que pas un grain ne sautait dans la paille, que pas une paille ne restait dans le grain. Les grenailles gagnaient le rebord du van : une dernière secousse, elles étaient parties.

Les laboureurs mettaient leurs chevaux au manège ; ils y tournaient, une calotte de cuir sur les yeux. Les manouvriers battaient au fléau ; ils s'estimèrent heureux quand ils purent acheter des égreneuses à bras et laisser le fléau pour les haricots et le sainfoin. Mais il fallait tourner la machine.

Vous la connaissez : un cylindre hérissé de pointes ronfle dans un tambour garni de dents en quinconce ; le blé, l'avoine passent là-dedans ; il en sort paille et grains mêlés. Deux manivelles donnent le mouvement.

Il y avait de la besogne pour tout le monde. Les plus forts se relayaient aux manivelles et au bottelage ; la mère engrenait, les petits traînaient, déliaient des gerbes plus lourdes qu'eux et les vieux secouaient la paille.

Si bien qu'on l'eût graissée d'une plume de poule, la machine faisait un vacarme assourdissant où se mêlaient le choc des engrenages, le ronflement du batteur, le crépitement strident des épis froissés. Ce bruit submergeait tout ; on ne s'entendait que par signes.

Les hommes pesaient de tout le buste sur les poignées, puis tiraient de tous leurs bras ; je revois des figures où la sueur met des sillons, des yeux clos, cet éternel balancement. La femme qui engrenait s'appliquait à éparpiller les poignées ; elle guettait l'épine, la branche sèche, le caillou, mais elle ne pouvait nous épargner ces gerbes moisies et recuites dont la poussière fétide suffoque et brûle.

On tournait pendant des heures, le front ruisselant, la chemise collée aux épaules, dans l'aigre courant d'air qui montait de la rue vers le toit en agitant les toiles d'araignée. Ce tas de gerbes, on désespérait d'en voir la fin… Plus que dix, pourtant, plus que quatre… et c'était la dernière ! On passait les râtelures, légères et fourrées de ronces ; la machine sonnait plus clair, on mettait sa force à l'arrêter. Quel silence subit, étonnant, délicieux !

Travail pénible et qu'on faisait de bon cœur, puisqu'il le fallait, puisqu'on y montrait sa jeune force et que, sans un mot, le bon regard du père, le sourire de la maman sous son mouchoir noué, disaient : « Tu es un gaillard, et tu es gentil ! »

La suite des travaux semblait le règne de la paix et du silence. Le tarare se contentait d'un hochement discret. Par bon vent, il poussait ses menues pailles à la rue et sa poussière au-dessus des toits. Il fallait, pour le tourner, plus de souplesse que de force, le juste rythme, qui chasse l'ivraie et garde le bon grain : le père n'en confiait pas volontiers la poignée.

Il nous laissait le soin d'emplir et de verser les corbeilles, de guetter aux *goulottes* l'arrivée des criblures, de tirer le grain qui descendait en nappe bruissante. Quel plaisir d'être assis à même la terre battue, sans souci de froidure, de recevoir dans la main ces grenailles bariolées, le grain noir de la vesce, la perle du grémil, la brosse crépue de la carotte sauvage, les aiguilles du peigne-de-Vénus ! Quel plaisir de voir monter le tas de blé fauve, de plonger les mains, les bras dans sa fraîcheur lisse et sèche, de sentir entre ses doigts les grains mouvants, d'en croquer un, tendre encore et farineux !

On emplissait les sacs, de longs sacs étroits, blanchis dans les lessives, où le père avait mis son nom en belles lettres d'encre. Le double plongeait dans le tas, une vieille douve rasait le dessus, je tendais le sac. Il fallait tenir bon, en dépit des ongles retournés ; un, deux, trois... six doubles deux tiers faisaient les cent kilos, mais on s'arrêtait à cinq. Un effort pour tasser le grain, puis on rassemblait les plis à la gueule, on ramenait autour la pointe oblique... deux tours de ficelle, une boucle et voilà un sac qui tient debout, qui s'équilibre et qui montera tout seul au grenier.

On emplissait aussi les larges bâches du meunier, plus aisées à remplir, mais si lourdes à manier. Apprends, mon fils, à glisser sous le fond ce vieux manche à balai ; pousse les doigts dans le grain, à travers la toile, là, près de la gueule, et tu auras bonne prise. Tu vois, cela se porte sans peine ; ne crois-tu pas qu'ainsi nous porterions le monde ?

Pour le pauvre homme qui nourrissait les siens, c'était bien autre chose qu'un jeu. Il avait déjà calculé dans sa tête les gerbes et les doubles de ses champs, et, la semence mise de côté, s'il resterait le pain d'une année. Joindrait-on les deux bouts ? Faudrait-il demander une avance au moulin ?

Si nous avions été plus grands, nous aurions lu la réponse sur le front et dans les yeux du père. Nous aurions compris pourquoi il balayait la grange avec tant de piété, pourquoi ses rudes paumes cherchaient le dernier grain dans la poussière. La vieille grange muette le savait, elle, qui avait vu tant de récoltes, abrité tant d'inquiétudes et d'espérances !

Métiers perdus

Les doigts de mes deux mains ne suffisent pas à les compter : meuniers, foulons, maître de scierie ; cordonniers et sabotiers, charrons, maréchaux, charpentiers et menuisiers, maçons, huiliers et tisserands, tonneliers... et jusqu'à un rebouteur fameux. Les voilà en désordre, comme ils me viennent, tous disparus, sauf deux ou trois — plus de vingt familles émiettées, dispersées, comme celles des vignerons et des manouvriers. Donnons-leur un dernier regard, pendant qu'il en est temps encore.

Nous n'avions pas moins de trois moulins sur la rivière : le moulin d'Anguin, qui moulait le blé, le Petit-Moulin pour l'orge et le Moulin du Haut, déjà scierie dans mon enfance.

Aller vers les moulins... merveilleux voyage ! La merveille commençait aux barrages : glacis en pente douce où l'eau glissait et bruissait à donner le vertige ; escalier de blocs liés qui faisait une triple cascade retentissante. On s'emplissait les yeux et l'on courait vers le bief.

Il étalait sa nappe immobile entre les saules de ses berges. Des vannes baissées, fusaient de minces filets chantants ; nous guettions le moment où le meunier lèverait la pale. Quel flot se ruait alors, rebondissant sur les aubes jusqu'à ce que la roue noire et moussue s'ébranle et tourne. Nous revenions au bief qu'émouvait un glissement insensible ; les feuilles et les branches flottantes, attirées, aspirées, s'abîmaient dans le tourbillon. Et puis, il ne restait dans le fond du bief qu'un brave petit ruisseau trop faible pour le moulin. La pale retombait ; la roue, folle un instant, se rendormait dans sa fosse empanachée de fougères et de groseilliers sauvages.

Nous n'osions guère entrer au grand moulin gardé par les oies claironnantes ; mais au Petit-Moulin, l'Étienne était mon ami. Il avait un gros pistolet à capsule, garni de cuivre, dont le fracas et la fumée terrorisaient les rats gris, gonflés de farine. Derrière lui, j'entrais dans la petite chambre boisée, vibrante du sourd broiement des meules ; je n'avais pas assez d'yeux pour le coffre rond où elles tournaient, la trémie et son tic-tac, l'échelle enfarinée qui menait au réduit des blutoirs, à la fosse humide où geignaient des roues de fonte et de bois.

Le foulon se contentait d'une maisonnette au flanc du moulin. C'était bien le meilleur des hommes, mais sa barbe grise et son humeur silencieuse nous faisaient peur. Aussi restions-nous près de la porte entrebâillée, épiant dans un demi-jour de cave le jeu alterné des maillets, écoutant la sourde retombée des pilons dans leur auge. L'eau pure de la fontaine, une terre savonneuse qu'il allait chercher bien loin, cela faisait sur la bure et le droguet une mousse à rendre jalouses les laveuses qui jouaient du battoir à vingt pas de là.

La scierie était attirante et redoutable. Ses abords étaient toujours encombrés de sapins, de peupliers, de chênes entassés, de planches et de solives, de monceaux de sciure douce, où l'on enfonçait jusqu'aux chevilles et où les couleuvres cachaient leurs œufs. On y respirait la senteur du bois frais, on assistait aux manœuvres de la grue et du cric, on s'emplissait les oreilles de la chanson piaulante des grandes scies. Et quand le père Frémiot leur refaisait des dents neuves, quels feux d'artifice !

Comme les heures passaient, dans ce creux d'eaux et de rochers ! Les grands frênes, la fontaine jaillissante, empanachée de clématites, les troupeaux venant boire, la fuite de l'eau, le va-et-vient des laveuses... Et puis, quel rêve que d'habiter cette petite maison basse, avec sa longue treille au soleil et sa rigole d'eau vive devant la porte !

J'ai dit ailleurs les travaux du forgeron et ceux du sabotier. L'huilier, lui, travaillait surtout en hiver, à la lampe, et il avait autour de lui plus d'oisifs que d'ouvriers. La grosse meule dressée tournait dans l'auge, broyant colza et navette ; des pelles de bois brassaient dans la chaudière les matières fumantes ; de la presse coulait un flot doré d'huile chaude.

Tout luisait : la pierre des meules et celle des presses, les murs et le pavé, les bras et les tabliers. On baignait dans une odeur puissante et savoureuse. Les années d'*échaillons*, l'huilier nous distribuait des morceaux d'un « pain de noix » que nous grignotions avec délices.

Peu ou prou, tous les vignerons étaient tonneliers. Ils savaient foncer et défoncer, remplacer une douelle, relier les cercles et tenir la futaille en état. Combien de fois ai-je vu mon père fendre en trois l'osier rouge et racler le tartre violet !

Il y avait en haut de notre cour un vrai tonnelier, dressant cuves et cuviers, tonneaux et feuillettes. Il faisait même ces petits barils qu'on emporte aux champs et où l'on boit à la régalade. Au beau temps, il travaillait devant sa porte, sonnant du maillet et grommelant, car il était d'humeur chagrine.

Le village avait ses maçons, hommes d'expérience. Ils savaient tout faire d'une maison, depuis le choix et l'arrachage de la pierre en carrière jusqu'à la pose des laves sur le toit. J'ai hanté leurs échelles et leurs échafauds ; je les ai vus appareiller les murs, faire le mortier, porter l'oiseau, monter sur le dos la pierre de taille des fenêtres et les poutres du toit. Il leur fallait force, hardiesse et prudence. Était-ce cette vie à demi aérienne qui en faisait les gens les plus gais du monde ? Dis-le-moi, mon vieux parrain !

Leurs anciens étaient de souche artisane, venus parfois de Creuse ou de Corrèze. En ces temps lointains et de si petit gain, la perfection de l'œuvre était incroyable. Je sais des murs immenses, qui soutiennent des terrasses ; il n'y est pas entré une truelle de mortier, et depuis plus de cent ans, ils n'ont pas bougé.

Le cordonnier, fils de cordonnier, vivait en sa boutique. Petite et basse, poussée en avant jusqu'au bord de la rue, elle ouvrait au niveau de la chaussée sa large fenêtre à deux battants ; une petite vitre de côté enfilait la grand-rue ; le meilleur poste d'observation du village !

Que de choses en trente pieds carrés ! Rayons bourrés de formes, casiers pleins de clous, souliers neufs ou éclopés, machine à coudre, un petit poêle rageur qui dévorait son bois en cuisant la soupe. Ajoutez la grosse lampe et son abat-jour, les calendriers et les images, une tablette devant la fenêtre, chargée du plus étonnant mélange d'alênes, de tranchets, de lissoirs, de marteaux, de chevilles, de rognures de cuir et de journaux : il semblait qu'il n'y eût plus de place pour le cordonnier.

Pourtant il a été là pendant plus de quarante ans, assis sur son tabouret sans dossier, et ses cheveux noirs, toujours aussi drus, y sont devenus blancs.

Je crois l'avoir toujours vu dans la même attitude, le dos un peu rond, la tête en avant, les manches au-dessus du coude, en pantalon de toile bleue et le tablier à bavette fixé par la même agrafe de cuivre.

Il faisait le vieux et le neuf et vous prenait mesure en pouces et en lignes. A le voir travailler, on comprenait qu'un soulier n'est pas un sabot et peut coûter vingt fois plus. Découper et piquer la tige, tailler et battre la semelle, monter le soulier, coudre, cheviller, clouer... il y en avait des besognes, avant que le client puisse glisser son pied dans sa chaussure, avec une grimace où la satisfaction le disputait à l'inquiétude.

Combien en a-t-il rafistolé d'empeignes et calfaté de voies d'eau ! Certains prétendaient que leurs souliers n'auraient point de fin et ne se lassaient pas de les lui porter ; certains même y laissaient généreusement la terre et le fumier. De quel air il les empoignait, je vous le laisse à penser !

C'est qu'il était d'humeur vive et libre, volontiers caustique et avait un mot pour tous les passants. Les Messieurs y échappaient moins sûrement que les pauvres diables, et je crois que médecin et notaire ralentissaient tout exprès leur cabriolet pour n'en rien perdre.

Peu crédule et ne croyant guère en la bonté des hommes, c'était le plus serviable des hommes. En sentinelle sur la route, on le chargeait de cent commissions, mots d'écrits et paquets qu'il remettait aux messagers bénévoles. Son métier en faisait le seul homme qu'on pût trouver au village, à certains jours de presse. Que ce fût le malade à lever, la fille évanouie, le cochon qui tourne de l'œil ou la vache enflée… il bondissait par la fenêtre, et s'en venait de son pas glissant, en savates, comme il sied, et le tablier volant.

Il ne manquait pas de visiteurs. Devant sa fenêtre, des troncs servaient de bancs, à moin qu'on ne mît tout bonnement une fesse sur le rebord. C'est là que je l'ai vu battre la semelle sur la grosse pierre carrée, aiguiser le tranchet avec le fusil, hochant la tête en mesure, tordre et cirer le fil, se mettre dans la bouche une pincée de chevilles qu'il plantait avec une rapidité vertigineuse, enfoncer l'alêne qu'il se passait d'abord dans les cheveux.

Petit ou grand, on n'échappait guère à ses plaisanteries. Non seulement il vous taquinait en paroles, mais il avait la main terriblement leste ; avant d'avoir rien soupçonné, vous receviez l'éponge du baquet sur la joue, ou, sous le nez le pinceau de colle ; le plus affreux, c'était la vieille galette de poix dans la poche, ou au fond de la culotte !

J'ai dit comme elles étaient diligentes ces mains de femmes qui faisaient le pain, taillaient et filaient le chanvre, tricotaient, plongeaient la laine dans le bois d'Inde, préparaient beurre et fromages... Il faut que je salue au passage les couturières et les repasseuses.

Un beau matin, on trouvait les couturières installées dans le poêle, au milieu des étoffes et des patrons. On avait la permission d'entrer, mais il fallait se tenir bien sage dans un coin ; on regardait le jeu des ciseaux et du mètre à ruban, on écoutait les propos mystérieux de ces femmes, savantes en toutes sortes d'événements. Si par chance elles travaillaient pour vous, vous deviez, brodé de fil blanc et lardé d'épingles, rester immobile à deux pouces de leur nez, en attendant qu'elles vous fassent virer comme un toton.

Les repasseuses étaient plus austères, non que la profession l'exige, mais le hasard avait choisi deux vieilles demoiselles, dignes et dévotes ; elles faisaient ménage avec leurs frères, et ces quatre célibataires passaient pour riches.

Regardons l'Aline et la Louise en journée chez ma grand-mère : on a tiré la grande table devant la fenêtre et rassemblé les trois réchauds. Fers à repasser et fers à tuyauter s'y succèdent. Elles sont là, droites et sèches ; des paroles lentes et sévères tombent de leurs lèvres pincées : on n'a pas envie de rire ! Mais on reste ; c'est si amusant de voir renaître sous leurs doigts habiles le triple tuyautage des coiffes de fête, la simple ondulation des bonnets du dimanche, le long ruban immaculé des brides, la broderie des fonds...

Elles gagnent huit sous, un peu moins que les couturières, qui en ont dix.

Le voici enfin, notre oiseau rare. Si le village est connu à dix lieues à la ronde, c'est au rebouteur qu'il le doit. Très grand, les épaules et le dos rond, il a des yeux bleus dans une face embroussaillée de poil fauve. Ses mains énormes, aux pouces larges comme un écu, sont bienfaisantes et terribles. Pas de jour qu'on ne voie dans sa cour carrioles ou chars à bancs, brancards en l'air, et des gens dolents, le bras en écharpe ou qu'on porte sur une chaise. Luxations, fractures, entorses, nerfs levés, il remet tout, et les patients s'en vont, bandés et ficelés, avec des paquets d'herbes et des onguents.

Il en sait plus, bien sûr, que beaucoup de médecins, sur les os et les jointures. Cela lui vient de famille, et il a une sœur qui *remet* dans un village de Bourgogne.

Tous deux sont morts et leur secret serait perdu si un neveu ne s'était fait docteur, unissant ainsi en sa personne la science des savants et celle des ignorants.

Mendiants et roulants

Si loin qu'il fût des grandes routes, mon village n'était pas retranché du monde. Il communiquait avec l'univers de bien des façons, et tout d'abord par ses *mendiants* et ses *roulants*.

Espèces quasi disparues, car, s'il reste quelques nomades, il n'y a plus de mendiants. Serait-ce qu'une justice exacte a rendu la charité superflue ? Quant aux roulants, ils ont changé de monture.

Mais voilà un demi-siècle, nous avions encore nos mendiants. Ils étaient réguliers comme les saisons et les fêtes, le percepteur et la revue des chevaux.

Je ne les retrouverai pas tous. Il en était de grisâtres qui n'ont pas marqué dans ma mémoire : silhouettes tassées, amas de hardes fauves, sacs et besaces, bâtons, feutres informes. Cela traînait dans les fossés, clopinait, passait et s'effaçait. Mais d'autres ont laissé leur image.

Voici le Rouge de Vaulles, aux jambes mortes dès l'enfance et que traînait dans une petite voiture basse un chien aussi rouge que lui. Voici la Rionnette, menue et discrète comme une souris. Elle venait deux fois l'an, à la fête et au Nouvel An. On entendait un murmure à la porte ; elle était là, propre comme un sou dans sa jupe de droguet, sa coiffe noire, et, au bras, son cabas de paille jaune. Elle disait un Pater et attendait.

Le Sans-Bras nous faisait peur. Il avait un jupon bleu et une blouse serrée à la ceinture. Là-dessus, un immense gibus hérissé ; une hotte au dos et aux pieds des bottines à élastiques. Chacun mettait dans la hotte son aumône de pain, de lard, de fromage. Nous aurions bien voulu le voir manger ; il était, dit-on, si adroit de ses pieds gantés de mitaines, maniant verre et fourchette mieux que d'autres avec leurs mains !

C'était l'usage de demander la charité « pour l'amour de Dieu » et de marmotter une patenôtre. Une espèce de Barbe-Bleue, pourtant, cognait la porte de son bâton et demandait sans prière. Mais il ne manquait jamais de « remercier la société de son honnêteté, de son honorabilité ».

Les plus réguliers avaient leurs maisons attitrées, où on leur donnait place au feu et à la grange. Vingt ans durant, ma bonne marraine eut ainsi *son* pauvre ; il mangeait la soupe au coin du feu et payait en nouvelles, dont la marraine était friande. Une fois, il paya d'autre sorte. On le croyait atteint d'un mal des nerfs, à le voir hausser brusquement l'épaule et tirer sur ses besaces. Or, voilà qu'après son départ le parrain se mit à faire comme lui ; à y bien regarder, on vit que le pauvre avait laissé des « bêtes », mot pudique dont on couvre tout ce qui trotte, pullule et s'accroche où il n'a que faire.

Nous n'étions pas riches et ne pouvions guère donner des sous. Mais jamais on ne renvoyait un pauvre ;

ceux qui les adressaient au voisin étaient rares et scandaleux. Et quand les vieux pieds traînants s'éloignaient, il y avait toujours une voix pour nous dire : « Tu vois ce qui arrive quand on n'est pas sage ! Il faut aller demander son pain. »

Nous étions trop loin de la frontière pour être touchés par la contrebande de la poudre et du tabac. La seule qui nous fît visite était celle des allumettes. On trouvait dur de lâcher deux sous au gouvernement pour des allumettes qui tantôt se refusaient à prendre et tantôt vous sautaient au nez. Aussi l'*allumettier* était-il le bienvenu.

C'était un vieux soldat d'Afrique ; il avait connu mon père du côté de Laghouat et le tutoyait. Il entrait en coup de vent : « Combien de paquets ? Elles sont bonnes, va, mais j'en ai eu, du mal. » Il tirait d'un grand sac ses « brosses » enveloppées de journal et qui sentaient l'ail. Cela filait vers la cachette, pendant qu'il lampait sa goutte, puis, passant sa main sur ses grandes moustaches jaunes, il courait retrouver sa femme qui faisait le guet au coin d'un mur.

Nous restions parfois longtemps sans allumettes sérieuses : les gendarmes avaient pincé notre ami ; il *tirait* ses trois mois.

Viennent maintenant les artisans et les marchands, à pied, la balle sur le dos, ou bien avec leurs voitures. Laissons de côté ceux qui ne vendaient que des grimaces, montreurs d'ours, vielleux un singe sur l'épaule ;

regardons les gens établis. Les uns venaient du Jura, de la Savoie, de l'Auvergne ; les autres de moins loin.

Comme nous avions peur des petits ramoneurs qui criaient dans la neige leur aigre chanson traînante ! Leurs figures mâchurées et leurs yeux blancs nous effarouchaient moins quand, redescendus de la cheminée, ils mangeaient un morceau en nous parlant de Saint-Jean-de-Maurienne.

Le porteballe avait la blouse bleue, le gros bâton et sa petite armoire au dos. Il vendait des lunettes, des foulards de soie noirs et blancs pour le dimanche, des foulards de coton pour la semaine, du thé, du poivre, de la lessive, des almanachs. L'imagier offrait ses petites images aux bords de dentelle, les grandes images suisses qui sentent le vernis et la chicorée, le « Véritable portrait de la Sainte Vierge », Jean qui pleure et Jean qui rit, la Mort du Crédit, la conquête du Tonkin... des complaintes, des cadres de peluche.

On voyait des Italiens avec des paniers de plâtres : oiseaux, bénitiers et Vierges. Le marchand d'*oreries* quêtait les anneaux usés, les vieilles boucles d'oreilles, les croix et les *jeannettes*. Il les échangeait contre des tours de cou qui verdissaient dans l'année.

Le marchand de laine déballait dans une grange ses tissus et ses pelotes. Le plumassier retapait les lits. Il s'installait dans une chambre abandonnée ; il faisait bon feu sous la chaudière qui redonne du nerf à la plume et vous rendait gonflées vos toiles à carreaux bleus. Quelle escalade, le premier soir, et quelle chute dans un abîme de mollesse !

L'homme de Nogent apportait ciseaux, rasoirs et couteaux. Les gamins faisaient cercle autour de sa boîte ; ils rêvaient d'un couteau de six sous, avec une image et un manche de corne marbrée. Ils n'osaient encore songer à ces couteaux d'homme, qui ont serpette et scie, poinçon et tire-bouchon.

Tous les deux mois enfin, passaient les étameurs ; ces magiciens vaudraient toute une histoire.

J'ai gardé pour la fin ce gros homme tassé, le poil blanc, qui promène dans nos rues sa blouse et son tambour. Entre deux roulements, sa voix éraillée annonce en d'invariables paroles que « le Général Cancan Plaisant est déballé sur la place publique avec un grand assortiment de faïences, porcelaines, terre de pipe... qu'il les échange contre toutes sortes de chiffons, chiffons blancs, chiffons noirs, chiffons mêlés, chiffons triés, la ferraille, le crin t'et l'airain... Il vend également des harengs gros comme des carpes, à un sou le bout ».

Croyez-vous qu'il faille être sot pour n'avoir pu oublier ce boniment ? Hélas ! les distractions étaient rares et la visite du casserolier nous était un événement.

J'ai du bon tabac

Nos gens ne fumaient guère. Peut-on être assez fou pour changer des sous en fumée ! Les soldats pourtant, ceux de sept ans, puis de cinq, puis de trois, revenaient au village, conquis par le tabac. Ainsi mon père qui, blanc-bec de vingt ans en 70, alluma sa première cigarette pour se défendre du typhus. Il devait continuer pendant un demi-siècle.

En ce temps-là pas de publicité : un gouvernement ne fait pas de réclame. Le buraliste avait deux pots bruns sur son comptoir, un pour le tabac à priser, l'autre pour le scaferlati ordinaire. Ajoutez à cela le papier Riz la + en cahiers rouges et les cigares d'un sou. Rien de plus, sinon des paquets de gris, pour les fumeurs prodigues.

Mon père n'en achetait jamais que pour deux sous. Du cornet que j'apportai bien souvent, le tabac passait dans une vieille blague de cuir qui ressemblait à un porte-monnaie mal venu. Le pauvre homme ménageait son tabac. C'était moins pour échapper aux taquineries de sa femme, moitié riante et moitié sérieuse, que pour se pardonner plus aisément le seul luxe qu'il se permît. Il se contentait d'une pincée au milieu de la feuille, et ses cigarettes à deux pointes faisaient piètre figure auprès d'autres, insolemment gonflées. Ce qu'était pour lui cette cigarette, je le sais maintenant. Au long d'une journée de douze heures et plus, on ne pose pas la faux ou la pioche pour se croiser les bras ou se mettre les mains dans les poches. Mais on peut bien, quand on se sent les flancs douloureux et l'estomac creux, aller jusqu'à la veste posée là-bas, au bout du champ. De l'ongle, on détache une feuille, on y roule une pincée de tabac, on cherche une allumette, on la frotte à sa paume ou sur un caillou, on l'abrite entre les deux mains, on aspire la première bouffée... Halte brève, repos, détente, pendant que les yeux s'en vont vers la tâche faite et vers l'horizon. Ce n'est rien et c'est beaucoup ; quand le soir est encore loin, la cigarette repose ; elle permet d'attendre la soupe et de négliger le dessert ; elle tient compagnie quand, les enfants envolés, le pauvre homme vieillissant se voit seul au chantier.

Les priseurs formaient un petit groupe d'initiés un peu secrets. Il n'eût pas fallu les presser bien fort pour en tirer cette opinion qu'ils penchaient vers le bourgeois. Est-ce par un ressouvenir du temps des belles tabatières ou du Petit Tondu ? Est-ce à cause du culte discret que rendaient ainsi au tabac nombre de curés et de maîtres d'école ? Je ne sais, mais les priseurs ne s'abordaient guère sans mettre la main à la poche et sans tapoter leur boîte, qu'elle fût de métal, de corne ou de simple écorce de merisier. « En voulez-vous une ?

— Merci, c'est pas de refus — Il est tout frais... Atchoum ! » L'éternuement était un second merci. L'oncle Fane prisait ; il eût mieux fait de fumer ; vous saurez bientôt pourquoi.

Je n'aurais jamais cru que les femmes puissent toucher au tabac, ailleurs que dans ces almanachs où je voyais deux concierges appuyées sur leurs balais, échangeant des prises et des commérages. Je dus me rendre à l'évidence quand je vis la « Mère Parisien », une vieille cousine de mon grand-père, se fourrer d'un pouce agile du tabac dans les narines. Il est vrai qu'elle venait de loin et avait plus de barbe que bien des hommes !

Si les anciens ne fumaient pas, si nos pères attendirent leurs vingt ans, nous avons été plus précoces. Cela nous prenait vers la douzième année. La tentation rôdait. Il n'était plus question de pipes en sucre ou de cigares en chocolat, simulacres ridicules — de chènevottes allumées ou de tortillons de papier, vaines grimaces. Il fallait aller jusqu'au tabac !

Non sans préparations ! J'ai, comme les autres, fumé des feuilles de noyer dans un lambeau de journal ; c'était désagréable, moins pourtant que le bois à pipe. Vous savez qu'on appelle ainsi la clématite, la *viorne*, qui lance ses lianes dans les fourrés et nous prodigue tour à tour ses étoiles et ses plumets. Nous allions en expédition, à la recherche des brins desséchés, et les coupions en cigares d'une longueur raisonnable. Leur bois criblé de trous assurait un fameux tirage et l'on avait la fumée qu'on voulait. Mais le jeu cessait vite ; il y a dans la plante une âcreté qui pèle la langue.

Pour le tabac, on se mettait à plusieurs, un beau dimanche, loin des moqueurs ; on s'exerçait aux élégances de la cigarette tenue entre deux doigts, des volutes et des jets par le nez, en dépit des nausées qui tirent les coins de la bouche. Pour moi, je commençai tout seul et par le cigare.

Non, certes, par vanité, par débauche d'ambition bourgeoise, mais par la faute de l'oncle Fane. Celui-ci hantait les bourgeois du village où il était maître d'école et rapportait parfois d'un déjeuner le cigare dont il n'usait point. Il le donnait à son frère qui l'oubliait sur l'étagère, jusqu'au jour où ma mère en faisait des sachets pour les mites. Je volai un cigare et courus au jardin. Après avoir recollé sa chemise un peu flottante, je l'allumai. Quel goût il avait et combien j'en tirai de bouffées, je ne le sais plus. Ce qui est sûr, c'est que je ne tardai pas à être pris de bâillements et à voir flotter l'horizon. Assis sur l'auge de pierre, je suais à grosses gouttes, pendant que le cigare, échappé de mes doigts, fumait tout seul dans l'herbe.

C'est là que la grand-mère me trouva en pleine nausée et blanc comme linge. Oubliant le cerfeuil pour sa soupe, elle me mena chez elle et dix minutes après j'était allongé dans l'alcôve. Pauvre grand-mère ! Vite elle me fit une infusion de mélisse et s'en courut chez nous demander ce qu'on avait bien pu faire manger à ce pauvre petit... Il avait sûrement, comme elle, l'estomac délicat.

L'école

Notre école a plus de cent ans. On lit sur la pierre, à droite du seuil : « Catherine Andriot, âgée de onze ans, fille de Nicolas Andriot, maire, a posé cette pierre en 1835. »

La maison est carrée, classe en bas, mairie en haut, avec trois fenêtres encadrées de taille, et à cent pas de l'église, dont la cloche a toujours appelé les écoliers. Sa cour est une terrasse dont le jeu de quilles mange la moitié et que borde un jardinet fermé de lattes.

La salle de classe s'ouvre tout de suite en haut d'un perron de trois marches. Face à l'entrée, la chaire du maître ; à droite et à gauche les bancs des filles et des garçons, de longs bancs de chêne polis par les culottes et les jupons ; des tables de sapin tailladées par nos couteaux, et si fatiguées que les veines du bois y font des cordes, comme sur les mains des vieux.

C'est là que je suis venu m'asseoir, après mon père et mon grand-père. Jour fameux où, ruisselant de larmes et n'en pouvant plus de cris, je fus traîné jusqu'au seuil par ma grande sœur et son amie. M. le Maître me donna un biscuit, et je me retrouvai au banc des petits, reniflant dans mon tablier raide.

Comment j'appris à lire, je ne le sais plus. Nous étions le plus souvent entre les mains des grands qui venaient à tour de rôle nous faire chanter les litanies du Syllabaire Régimbeau. Le carton écorné pendait à son clou ; on y allait l'un après l'autre, puis tous ensemble. L'essentiel était d'avoir affaire aux bons garçons qui ne tapent pas sur les doigts. A cinquante ans de distance on sait encore qui était gentil et qui ne l'était pas. L'instituteur jetait de temps en temps un coup d'œil sur nous et nos griffonnages ; il avait assez de besogne avec les grands.

Ce n'était pas un méchant homme, mais nous le craignions. Robuste et trapu, la moustache en brosse et le cheveu dru, il allait d'un pas vif, les deux poings aux poches ou les mains derrière le dos. Les sots avaient leur leçon à copier, les bavards un ou plusieurs verbes « causer » ou « se dissiper ». Les agités étaient priés de « venir au bureau ». Ils grimaçaient d'avance, sachant ce qui les attendait : une poigne solide et quelques coups de règle sur le bout des doigts. Qui se tortillait avait double ration, et parfois les rieurs imprudents. Quant à se plaindre à la maison, mieux valait y renoncer ; on récoltait un : « Si tu avais eu M. Cottenet, tu en aurais vu d'autres ! »

La retenue n'était pas gaie... seuls dans la classe, pendant qu'au-dehors c'était le soleil, les cris des camarades, le roulement des voitures. On mettait ses verbes en colonnes : J'avais causé... Je causerai... Cause !... Les aiguilles de la pendule ne tournaient pas. Le maître avait disparu ; parfois, au printemps, il traversait la salle, il enjambait la fenêtre vers le jardin. Il revenait avec une poignée de radis roses pour son goûter ; jamais radis n'ont été plus désirables ! Enfin, il paraissait dans la porte, prenait notre feuille, la zébrait d'un : Vu ! souverain et... « Partez ! »

La science de notre maître n'était pas grande, mais nous n'en connaissions pas les bornes, et puis, ce qu'il savait, il le savait bien. Son art n'était pas raffiné ; à coups de dictées, de problèmes, de rédactions et d'exercices de toutes sortes, avec des leçons par cœur, il mettait dans la cervelle de tous ceux qui n'étaient pas trop estropiés de naissance, des choses sûres et qu'ils comprenaient quand ils étaient assez grands pour cela.

Avec lui, on apprenait à faire toutes les dictées sans fautes, même les plus curieuses, à résoudre toutes les races de problèmes, à avoir des idées pour toutes les rédactions, non des idées à soi — ce qui est ridicule — mais les idées qu'il faut avoir. On quittait l'école avec une belle écriture, on avait pratiqué la cursive, la ronde, la bâtarde et les deux gothiques — mais personne ne pouvait se flatter d'égaler le maître. Que ce fût au tableau noir ou sur le papier, il n'écrivait pas, il gravait une anglaise magnifique de sûreté et d'élégance et qui, à quatre-vingts ans passés, se refusait encore à trembler. A peine au régiment, ses meilleurs disciples se voyaient promis aux baguettes du fourrier, puis au double galon du sergent-major.

Nous récitions l'histoire de Lavisse, la géographie de Foncin, la science de Paul Bert. La grammaire était enclose dans Larive et Fleury, grammaire du sage, puisque j'y ai appris que si « l'Homme s'agite, Dieu le mène », et que « la mort ne surprend pas le sage ». On lisait dans le Caumont et dans une Morale Pratique remplie d'histoires touchantes, comme celles d'Aufredi et de la Jeune Sibérienne.

Est-il possible qu'on ne fût alors qu'à quinze ans de la guerre — celle de 70 ? Elle nous semblait perdue dans la nuit des temps. On parlait des Prussiens, de leur séjour au village. Nos couvertures de cahiers ne cessaient de nous offrir des bergeronnettes ou des mousquetaires que pour exalter la bravoure des cuirassiers et la fougue des turcos. On avait banni les cahiers d'un éditeur qui s'appelait Krakow, mais nous chantions le Delcasso sans nous douter que la plupart de ses mélodies viennent d'outre-Rhin.

Notre maître était la conscience même. Je ne l'ai jamais vu malade ou en retard. Il aurait pu servir d'horloge au village. Il apportait aux papiers de la commune la même exactitude. Son travail fini, on le voyait dans son jardin. Dès que la pêche était ouverte, il partait avec sa gaule de noisetier et sa boîte à vers. C'est lui qui m'a initié aux mœurs du véron, du goujon et de la moutelle ; mais il pêchait aussi aux « gros » et nous ouvrions de grands yeux quand il tirait de sa poche quelque énorme chevesne, enveloppé dans son mouchoir.

Fils de paysan, il avait la vigueur et les goûts d'un paysan. Il aimait, dans la fenaison et la moisson, donner un coup de main à ses voisins, mais ses dons en auraient fait, si le sort l'eût voulu, un géomètre, un architecte. Il dessinait aussi bien qu'il écrivait ; on avait recours à lui pour tous les bornages et il se mit en tête de refaire le cadastre des communaux. Au beau temps, après l'école, il emmenait son équipe de grands avec les jalons, l'équerre, les mires et la chaîne. En avons-nous planté de ces jalons, dont le papillon était un bulletin des dernières élections ! Sans malice, M. Roy y confondait les « blancs » et les « rouges » au service du bien commun. La conclusion de ces promenades, c'étaient d'immenses feuilles de papier à lavis, pliées en accordéon ; il y mettait en traits magnifiques, frangés de vert et de rouge, ce qui, là-bas, dans la campagne, se dissimule sous l'herbe et les pierres.

Toute sa vie d'instituteur, il l'a passée dans mon village. Il y est arrivé jeune homme, il l'a quitté avec des cheveux blancs. Ses deux fils y ont grandi et il en avait fait des instituteurs ; l'un dort au cimetière, sous une colonne brisée, et l'autre, quelque part, dans la terre de Neuville-Saint-Vaast.

Un jour d'hiver : garçons et filles cognent leurs sabots contre le mur pour en détacher la neige. Des joues pourpres, des mains crevées d'engelures. Le fourneau rond dévore les bûches que fendit le garde champêtre. M. le Maître se réchauffe les mains à la boule du couvercle. Dès qu'il s'éloigne, les jeux commencent : contre la fonte brûlante, on pose le bout du crayon : délicieuse odeur de cèdre roussi... on touche la joue du voisin : quel saut ! Là-bas, grand fracas de sabots ferrés : « Pas de sabotages. Enlevez-moi ces frégates ! »

Un matin de mai. Les fenêtres sont ouvertes sur le jardin ; l'air sent la terre remuée et le lilas. Les yeux s'en vont tout seuls vers le bois rond qui verdit, vers le ciel où crient les hirondelles. Qu'il est donc difficile de les suivre, ces trains qui courent de Paris à Dijon et de Dijon à Paris ! Ils finissent tout de même par se rencontrer. « Ce n'était pas la mer à boire », dit M. le Maître. « Toi tu l'as fait autrement, mais c'est vert joli et joli vert ! »

Garçons et filles prennent leurs récréations dans la même cour ; une frontière idéale les sépare. Personne ne la franchit, dans les jeux les plus fous. Les filles se contentent des marches de l'entrée et de l'ombre d'un gros noyer. Serrées sur leur banc, elles jouent à petit bruit : « Cache, cache bien, tu l'auras », ou des devinettes de couleurs et d'oiseaux. Elles font, dans leur dictionnaire, des recherches mystérieuses, pour y trouver l'oiseau qui ne sera jamais deviné. Ainsi triomphent un moment le lophophore et le ménure, le casoar et le nandou.

Il nous fallait plus d'espace, pour les barres, le voleur ou le *côquelot*. Chaque saison ramenait ses jeux. En mars, nous creusions au pied des noyers : nous tranchions les petites racines et c'étaient nos fontaines. En mai, les chatons pleuvaient ; nous écrasions sous des pierres leurs chenilles frisées et c'étaient nos pressoirs. Aux jours brûlants de juillet, il nous restait tout juste assez de force pour chasser ces bêtes noires et rouges qu'on appelle des *maréchaux* : c'était à qui en aurait le plus dans son parc et sa boucherie !

Le certificat d'études venait d'être créé. Trois mois avant le grand jour, nous étions mis au régime quotidien de la rédaction, des deux dictées et des six problèmes. On s'en allait un peu tremblants vers l'école du chef-lieu ; mais au retour, quelle jubilation !

Dès lors, nous étions des grands. Nous avions le droit de puiser à notre guise dans la bibliothèque, de dessiner et de colorier des oiseaux, des paysages, des architectures et des ponts. Nous maniions l'équerre et le té, le tire-ligne et le pinceau, sans méthode, à notre fantaisie...

Personne ne manquait la classe par malice et l'école buissonnière était inconnue. Il fallait pourtant garder les vaches, aller à la charrue, veiller sur les petits. L'école n'était remplie qu'entre la Toussaint et Pâques, mais on travaillait ferme. Nous emportions à la maison des rédactions et des problèmes ; la table essuyée, nous nous mettions à un bout, pendant la veillée. Il y avait parfois tel héritage difficile à partager, un « style » qui nous laissait sans idées : le père, la mère étaient là ; on appelait à la rescousse l'oncle ou le parrain. Nos parents étaient plus savants que nous : à celui-ci aucun problème ne résistait ; mon parrain était laboureur, mais il eût fait un avocat magnifique, et le verbe coulait intarissable, de sa barbe noire. Tout cela avec un plaisir qui rendait leurs quinze ans à ces hommes et à ces femmes.

Oui, nos parents n'étaient pas des bêtes. Le village avait eu la chance d'un demi-siècle de bons maîtres, depuis le père Touzet, qui vers 1820 tenait l'école et filait à sa vigne dès le premier rayon de soleil. Certains noms revenaient sans cesse, ceux d'hommes capables et durs et qui avaient laissé leur marque.

C'était M. Renard qui avait préparé mes deux oncles au brevet et qui cognait les têtes dures contre le tableau ; c'était M. Cottenet dont les colères étaient écrites à coups de pied sur le bureau fendu. Hommes violents, avec qui, bon gré mal gré, il fallait savoir. Aussi savait-on par cœur la chronologie et les sous-préfectures, et l'Évangile de la Passion, qui a onze grandes pages. On calculait vite et juste, on rédigeait correctement, sans fautes et d'une écriture moulée.

Tout cela était sorti d'une école qui prenait les enfants le jeudi jusqu'à midi et parfois le dimanche matin, qui les gardait souvent jusqu'à la nuit et n'avait que quatre semaines de vacances. On avait lu le manuscrit des « Cent Sortes d'écritures », le Psautier et la Morale Pratique, on avait tout récité par cœur. Les garçons venaient l'hiver jusqu'à seize ans ; j'ai encore tels cahiers de mon père qui pourraient faire envie à bien des collégiens d'aujourd'hui. Ils m'aident à comprendre comment ces gens n'étaient embarrassés ni par une lettre ni par un sous-seing privé, ni par un cubage de grume ni par le cadastre. Ces choses et d'autres encore m'empêchent de croire que l'instruction serait brusquement apparue il y a soixante ans dans nos campagnes. Bien des villages avaient comme le mien de longues traditions de petit mais robuste savoir. D'autres, certes, furent moins bien partagés ; on ne saurait croire ce que la succession de deux ou trois hommes peut faire d'ombre ou de lumière autour d'une école, et cela pour cent ans !

Je me suis arrêté l'autre jour devant mon école ; je l'ai regardée, ne la voyant plus, à force de la connaître. Elle n'a guère changé. Par le coin d'une vitre, j'ai glissé un regard : le pavé jaune est toujours là, et le poêle rond. On a changé les tables, mais la bibliothèque est dans son coin, et le cartel noir au mur ; en face, la mappemonde que peignit M. Renard. Le bureau fendu est en face de la porte ; regrette-t-il le temps où il voyait entrer M. l'Inspecteur en redingote et haut-de-forme ?

Voici le seuil creusé, le jeu de quilles abandonné, la terrasse des noyers. Les noyers sont partis en fumée et l'on a mis à leur place des marronniers qui poussent comme des parvenus, à grand foison de feuilles et de branches. On les tond et les voilà tout ronds et tout bêtes. Laissez-moi regretter mes vieux noyers, secs et nerveux comme nos gens.

Mais où donc est-il, le petit garçon désolé qu'on menait à l'école ?

Livres et liseurs

Cinq heures, un soir d'été. Le grenier sent la farine, la menthe et la souris. Il fait chaud, sous les laves grises ; par la chatière, le soleil darde un pinceau de lumière. Assis sur le plancher, le dos au mur, je lis.

J'ai près de moi le trésor du grand-père, oserai-je dire : sa bibliothèque ? — Un coffre debout, une caisse de peuplier moins haute que moi et dont les charnières de cuir crient quand on l'ouvre. Tout y est de ce qu'un pauvre vigneron qui aime l'imprimé a pu rassembler en un demi-siècle, de Louis-Philippe à Sadi-Carnot.

Tout... si peu de chose ! Avant tout ces almanachs : les grands almanachs des Familles, du Pèlerin, le Messager Boiteux, le Bon Laboureur ; les petits cahiers du Paysan, du Vigneron, de la Maison Rustique ; les gros blocs du Bavard et de Mathieu de la Drôme. Ils sont là par dizaines sous leur couverture bariolée, ou recousus de gros fil, dans leur papier gris. Ils sont là avec leurs calendriers, les signes du zodiaque, la lune, les travaux du mois. Viennent ensuite des proverbes, des mots pour rire, la chronique, les histoires et les recettes. Tout cela avec des images : les rois, les grands du monde... si lointains ! Les morts, les guerres, des scènes rustiques, des caricatures où les gens ont des figures de fous ou de gredins.

Je ne sais rien de la politique, et cela ne m'intéresse guère. Pas davantage les petits cahiers des colporteurs qui daubent sur les Bonaparte ou les Orléans, célèbrent le comte de Chambord, vitupèrent les Communards. Seules m'amusent les Lanternes : celle de Rochefort, celle de Bocquillon, avec des lanternes et des bonnets rouges à chaque page.

Toute une planche est garnie de vieux livres habillés de cuir brun, avec des dessins d'or et des lettres qu'on lit mal, des tranches rouges, un ruban de soie passée. Épaves des ventes de notaires ou de curés, mon grand-père les a eus pour quelques sous. Je lis : *Dictionnaire des Mœurs, l'Art de couper les pierres, Histoire de la Pologne, Œuvres de Monsieur Gresset*... Je ne vais guère plus avant : il me suffit de regarder ces lettres si drôles, l'S comme un F, l'U qui est un V, le ET comme un petit singe assis, et tous ces mots qui ne s'écrivent pas comme à l'école. Je cherche la belle image du titre, les lettres ornées de feuilles, de fleurs et de bêtes, les cornes d'abondance entrelacées à la fin du chapitre. Le nom des Messieurs à qui furent ces livres est inscrit à la première page ; mon grand-père a ajouté le sien, et cette formule toujours pareille : « Ce livre appartient à moi, Louis C... ; je prie celui ou celle qui le trouvera de me le rendre et je le paierai de sa peine. »

Mon aïeul passa bien des heures, le dimanche, dans son grenier. Les livres étaient rares et plus rares encore les journaux. Seuls la cure et le château en recevaient un tous les jours ; ailleurs, quelques *Croix*, le dimanche et quelque *Spectateur*, une feuille détestable, qui soutenait les rouges.

Les gens ne lisaient pas, faute de temps et faute de livres. Il y en avait pourtant qui aimaient la lecture et se souvenaient du temps où l'instituteur leur ouvrait la bibliothèque.

De cette bibliothèque, j'ai lu et relu tout ce qui était lisible. Je ne parle pas des traités de jardinage, de ferronnerie, d'art vétérinaire, auxquels personne n'avait jamais touché. Mais il y avait là, bien fatigués et toujours délicieux, les *Contes* de Grimm, de Hauff et de Girardin, tous les Mayne-Reid et la pullulante famille de la comtesse de Ségur, née Rostopchine ; les *Veillées de chasse* et *les Peuples étranges*, un seul Jules Verne, mais c'était *le Tour du monde en quatre-vingts jours*, un seul Assollant, mais c'était le *Capitaine Corcoran*.

Quand j'eus dévoré tout cela, je cherchai ailleurs. Le sac noir de l'oncle Fane n'avait souvent qu'un paquet de catalogues ; il fallait alors vivre de titres et de rêves. Mais ce serait être ingrat que d'oublier qu'il sortit de ce sac *le Tour de France, Monsieur Prévot*, toute une collection du *Petit Français* et même un énorme *Cortambert* qui ne laissait rien ignorer de la Terre et des astres.

Je furetais partout pour nourrir ma fringale. Telle maison recelait les *Veillées des chaumières,* telle autre l'*Ouvrier,* le *Voleur,* le *Journal des voyages*. Le propriétaire de celui-ci était un vieil ivrogne que le vin remplissait de méchanceté pour sa femme et de propos édifiants pour les gamins. Il nous prêchait de sa fenêtre, nous bénissait et nous exhortait à la vertu. J'eus un jour l'audace d'aller lui demander ses livres... il me les prêta !

L'indulgente complicité des oncles et marraine aidant, je finis par lire tout ce qu'il y avait à lire dans le village. Par la grâce de Raoul de Navery, d'Alexandre de Lamothe, de Paul Féval, de Zénaïde Fleuriot et de cent autres, je ne cessais de zigzaguer à travers le temps et l'espace, des catacombes aux toundras, des grèves de l'Armorique aux fourrés de la jungle, de la cour de Pierre le Grand aux palabres des Nez-Plats et du feu grégeois aux Chauffeurs du Nord.

Il me semble à distance qu'il devait y avoir là-dedans de l'aventure et de l'édification, de l'idylle et du drame, des décors de pays et d'histoire. J'étais friand de voyages et de périls, de duels et d'escalades, de chasses et de complots. Les mots les plus baroques m'étaient devenus familiers, dans le bric-à-brac des armes, des plantes et des poissons. Vertubleu ! On pouvait me questionner sur les pièces d'une armure, la forme d'une « miséricorde », les effets du curace et la scélératesse des thugs. Mais personne ne me questionnait sur mes lectures ; on se contentait de me redire que je m'usais les yeux et que je me brouillais la cervelle. Pour la cervelle, j'en doute ; un livre chassait l'autre et les passions de l'amour ne me touchaient guère. Dès qu'un héros se mettait à soupirer, je tournais la page.

Je ne lisais pas seulement dans le grenier. On trouvait des livres sous l'édredon et le traversin, je lisais à la lumière dansante du foyer ; assis sur le seuil ou sur l'escalier du jardin — j'usais sur les pages les dernières lueurs du jour.

Il fallait que le livre fût bien gros pour que je ne l'emporte pas aux champs. Les vaches se gardaient toutes seules ; j'étais occupé à de plus nobles besognes. La Blonde et la Rousse goûtaient assez cette façon de garder. Que de fois, réveillé en sursaut de mon rêve imprimé, me suis-je trouvé seul au fond de quelque friche ! Bien heureux quand les bonnes bêtes n'étaient qu'à quelques pas dans la broussaille ! Elles étaient parfois plus loin, attablées à l'avoine, à la luzerne du voisin. Cela peut coûter cher, un enrôlement dans les *Faucheurs de la Mort* ou les *Compagnons de Jéhu !*

Aux jours de congé je trouvais chez ma marraine l'asile idéal. Son homme à son chantier, elle-même à sa vigne, la maison dormait tout en haut de la rue. Je prenais la clé dans la fourche du prunier, j'allais tout droit au poêle, je puisais dans le grand buffet... et je partais...

C'est là que j'ai lu Fenimore Cooper et Walter Scott dans la traduction Defauconpret. On pouvait venir à la cuisine, passer, appeler : on ne m'entendait pas et je n'entendais rien. Que de fois suis-je parti au crépuscule, n'y voyant plus, tout frissonnant de peur et de froid ! Je me rassurais à retrouver l'air tiède, les cris des enfants, les troupeaux vers l'étable. Qui se serait douté que je revenais de si loin ?

Jeux

J'ai lu quelque part les lamentations d'un chemineau. Non que le chemin lui manque, ou le pain ; il a perdu son couteau. Qu'est-ce qu'un errant sans couteau ? Je dirais volontiers : Qu'est-ce qu'un paysan sans couteau ?

Après l'ambition de la première culotte, celle du premier couteau. Non certes l'ambition folle du couteau de charretier, à cinq pièces — vous le connaissez ? — mais le désir raisonnable de l'essentiel : une lame et son manche. Longtemps avant de le posséder, j'en fus réduit à prendre un couteau de cuisine, à dérober le couteau à déborder les sabots, à m'escrimer du misérable *diaude* branlant relégué dans la boîte à chaussures.

Le jour vint enfin où de la balle du marchand de Nogent un vrai couteau passa dans ma poche. Je ne me lassais pas de le tirer, de l'ouvrir, de l'aiguiser sur la pierre, de l'essayer ; cela me rendait dangereux pour la table et les chaises, les fleurs et les arbres, dangereux pour moi-même. Mais avec quelle ivresse je filais vers le vallon !

Vous plaît-il qu'ensemble nous fassions un sifflet ? Rien ne vaut une pousse de lilas, bien en sève et tranchée entre deux nœuds. Incisons l'écorce, mais attention au pouce ! Du manche et bien à plat, sur la cuisse, battons à petits coups le fourreau vert et gris, jusqu'à ce qu'il se décolle. Taillons le bec, l'évent, le méplat, la chambre d'air... comment nommer tout cela ? mouillons d'une salive généreuse le bois luisant, et voici — bref plaisir — le cri de mon sifflet. Les artistes en font deux, de part et d'autre du nœud, ou bien, pressant à leur lèvre un simple tuyau, tour à tour allongé et raccourci, ils en tirent ces gammes flûtées et stridentes qui font taire les merles.

Autre musique, celle des grandes berces du pré. La tige creuse, fendue comme il faut, sonne comme une trompe. Tant pis pour les lèvres agacées par le rude duvet de la plante, pour la langue, brûlée par son âcreté ! La saveur de l'oignon, celle du poireau ne sont guère plus agréables ; il faut cependant les supporter quand on se fait un pipeau d'une feuille ronde, un mirliton d'une feuille plate.

Que devenir en pâture entre deux haies, le long des chemins verts, au fond des friches, que devenir sans compagnon, sinon tirer son couteau et se défendre contre l'ennui ?

Choisis dans la cépée le plus beau brin de coudrier. Courbe-le de force, et contre la souche, fais glisser ta lame : d'un seul coup voici les fibres tranchées. Sors de ton buisson, élague quelques ramilles ; choisis la bonne longueur, pare les bouts. Quelle canne merveilleuse, souple et droite ! L'air fouetté gémit, et comme elles sautent, les têtes des chardons ! N'empêche que tu la laisseras bientôt, inconstant, si tu trouves plus belle une pousse de frêne vert, aux nœuds vigoureux, quelque genévrier rougeâtre, quelque aubépine dure et claire !

Quand les heures sont trop longues, fais-toi sculpteur et tailleur d'écorce. Découpe des anneaux, des spirales, des damiers. Trace et creuse de la pointe les lettres de ton nom. Si tu as éclaté quelque surgeon, cherche dans la crosse une rondeur douce à ta paume, découvre dans le bois déchiré la figure qui sera ce que tu voudras. Rivalise si tu l'oses avec le garde forestier qui enroule une vipère de chèvrefeuille à son bâton d'érable.

Le sureau est un ami, non pour ses fleurs émollientes ou ses fruits sanglants, mais parce que du jaillissement de ses pousses sortaient nos seringues et nos *taperets*. Deux armes sœurs, l'une qui lance des balles d'étoupe, l'autre le jet d'eau louche puisée à l'auge des poules. Armes éminemment propres à provoquer des cris et des poursuites, des hurlements et des claques.

Notre arsenal avait encore des arcs et des flèches, des arbalètes et cette fronde hasardeuse que donne la baguette fendue où l'on pince un caillou.

Je ne dirai rien des jeux de la poudre, dont nous rêvions pour l'émotion de la mèche et du coup, de l'odeur et de la fumée. Il serait un peu long et trop gênant de retrouver comment nous subtilisions la poudre fine et brillante d'une vieille poire en carton moulé, comment nous amenions à nos poches la grosse poudre ronde des carriers.

Aux champs, une fille coud, tricote ou ravaude, se chante des chansons. Mais l'âme d'un garçon tourne en rond, s'agite et bâille dans un désœuvrement qui ne sait à quoi se prendre. Oserai-je dire les riens qui comblaient ces heures creuses, en attendant que le soleil soit assez bas pour qu'on tourne les bêtes du côté du chemin ?

Un bourdon noir et fauve passe comme une balle sonore. Le voici qui s'abat sur une tête de trèfle balancée et qui se démène à la piller. Doucement... doucement : un coup de mon vieux chapeau et je le retrouve bruissant dans l'herbe. Le saisir comme une écrevisse, par son corselet, le voir darder et cacher son aiguillon noir, lui voler cruellement sa pochette de miel... est-il possible que j'aie fait cela ?

Il est moins cruel de guetter un grillon au seuil de son logis, de le provoquer avec un brin d'herbe insinuant — il y a moins de honte à poursuivre un papillon qui zigzague, insaisissable fou, à racler la résine des pins, à faire partir ces sauterelles couleur de terre dont le vol bleu ou rose s'éteint, dès qu'elles se posent...

Quand la source ou la rivière n'est pas loin, on est sauvé. Ne ferait-on qu'écouter sa vivante musique, que suivre le jeu de ses rides, que rêver devant l'inépuisable naissance sous la roche ou dans le creux voilé d'herbes qu'émeut un imperceptible remous.

Mais on peut s'intéresser aux bêtes grises qui rament sur le flanc, à leur grouillement sous les pierres, au patinage des araignées d'eau, au balancement d'un jonc qui fuit dans le courant, revient et recommence.

Finissons sur une image de la gloire. Aux alentours du village poussaient d'énormes touffes de bardanes, ces plantes aux larges feuilles et aux tiges robustes, qui donnent des têtes rouges, cuirassées d'écailles crochues. Nous faisions des pelotes de ces fleurs, moins pour le dos de nos compagnes et les cheveux des filles que pour notre propre grandeur. En un moment, nous étions constellés de boutons, d'épaulettes, de galons et de médailles... colonels, généraux, suisses de cathédrale, que sais-je ?

Nous nous redressions dans nos sabots, mais nous étions bien trop ingénus pour philosopher sur l'uniforme.

Le printemps vient

Le village vivait dans l'impatience des beaux jours. La longue neige, le froid, la bise, la nuit... comme on aspirait à les voir fuir devant le soleil ! Dès janvier on épiait l'aube un peu moins tardive, l'allongement des crépuscules. On attendait le vent de mars, son *aireté* qui sèche les terres molles et rétrécit le ruban d'eau des fossés.

Dans le vent et le soleil flambaient les haies et les talus. La campagne s'empanachait de longues fumées, pendant que la flamme crépitait dans les épines et courait dans l'herbe rousse. Aux lisières du bois le feston des vieilles neiges reculait tous les jours. Et les taillis commençaient à s'empourprer du réveil de la sève ; l'or vif des chatons du marsaule, l'or gris des chenilles du noisetier, les mille croix d'or pâle du cornouiller, tout était là, fidèle au rendez-vous.

Garçons et filles, nous sentions obscurément la joie du renouveau. Nous recommencions à jouer dehors, le soleil nous tirait vers les champs et les bois. Il nous semblait refaire la découverte du monde...

Je suis dans le jardin de la grand-mère, un tout petit coin de terre encadré de toits moussus, sous les grands arbres du parc voisin. A l'ombre froide du pignon, un tas de neige grise achève de fondre, mais en face, au pied de la treille, les perce-neige sont sorties, tout un bloc de feuilles pâles et serrées, couronné de fleurs, les « gouttes de lait », encore closes et suspendues à leurs tiges délicates. Avec quelle curiosité j'attendais qu'elles ouvrent leur robe à trois pans, leur jupon brodé de vert et pointillé d'orange !

Un peu plus tard, si le temps était doux, nous pensions aux violettes. Nous cherchions les premières au pied de la terrasse, sous le grand mur ventru que dominent les vieux tilleuls et qui se chauffe au soleil. Pauvres violettes sans queue et presque sans pétales, teintées de mauve et roussies par le gel ! Nous les apportions dans le creux de notre main. A peine réchauffées, elles nous remerciaient, de leur divine suavité. « Ah ! disait maman, tu les as trouvées sous la terrasse ; nous y courions déjà, quand j'allais à l'école. »

Toutes les autres suivaient, toutes les violettes des murs, des haies et des jardins, les pourpres et les presque bleues, les blanches et les lilas, les simples et les doubles et ces violettes de loup, qui font de si belles taches dans les luzernes, mais ne sentent rien.

Une fois, j'eus une révélation. Des Grands-Bois où il était allé fagoter la *portion*, mon père rapporta quelques brins de joli-bois, bois-joli, bois-fleuri... qui eût pu imaginer, sur un rameau sans feuilles, un tel manchon de fleurettes roses, un tel parfum ? Sans doute fallait-il être sorcier pour découvrir une telle merveille. La merveille trempait dans l'eau d'une cruche et embaumait la cuisine, pendant qu'au bout de chaque branche s'allongeait une aigrette de feuilles pointues.

Quand on était plus grands, on allait aux *jeannettes*, aux jeannettes qu'ailleurs on appelle jonquilles et qui semblent les cousines des narcisses. Elles poussent dans le bois rond qui coiffe la colline du levant, entre les trois villages. C'était toujours un après-midi de dimanche, alors qu'au ciel il y a des nuages blancs, que l'air est vif et l'ombre froide, mais le soleil brillant.

On descend la côte, on passe le pont, on tourne vers les friches. Les talus sont tout brodés d'un fraisier jaune et sur les friches s'ouvrent les anémones en robe d'évêque. Plus loin, le suintement des sources met dans la haie le foisonnement des corydallis rouges, roses et blancs, gorgés de sève et fleurant le bonbon. Sitôt cueillis, ils penchent la tête et on les jette. Mais la lisière du bois est à vingt pas, par-delà le champ semé de *pas-d'âne* ; une minute pour souffler, un premier layon, et commence la montée.

Il fait presque trop chaud, dans ce taillis abrité, bruissant de feuilles sèches. On va, haletant un peu, sur la terre rouge et la pierraille. Où donc est-il, le printemps ? Est-il dans ces ronciers, éternellement pourpres et verts, dans ce houx malingre et hérissé, dans ces gramens frémissants d'étamines ? Où donc sont-elles, les jeannettes ? Un cri, et nous courons vers l'isolée, en sentinelle au bord du sentier. Une autre brille derrière une cépée, une autre encore, et puis il n'y a plus besoin de courir : tout le plateau, toutes les pentes sont semés de touffes vertes d'où jaillissent par centaines les corolles dorées.

Vous connaissez sûrement ces fleurs, leur longue tige un peu raide, leur collerette pâle, à cinq pointes et leur clochette gaufrée, d'un or plus vif. Ne cherchez pas leur insaisissable parfum : elles sentent le vent de mars.

Il n'y avait qu'à s'accroupir ; en un moment on avait au poing une grosse boule jaune, pareille, avec ses alvéoles, à quelque nid de guêpes ou de frelons.

Le soir, il y avait de ces bouquets dans les maisons ; ils prolongeaient toute la semaine la douceur du dimanche. Les grands leur donnaient un sourire amical et les vieux, parfois, le soupir de ceux qui sont allés au bois et n'iront plus.

Cent images rôdent ainsi, des printemps d'autrefois : couleurs, parfums, chansons, la tache rose d'un pêcher dans une vigne, l'or éclatant des *barbouillettes* dans le fossé, le premier cri d'hirondelle, les appels des gamins en quête de pissenlits dans les prés, la criaillerie des geais, la flûte du merle et ce que répète sur deux notes l'oiseau invisible : Prie Dieu ! Prie Dieu !

Tout au long du chemin qui s'en va tournant vers le moulin, l'épine noire s'embrume d'un poudroiement de boutons. C'est ici qu'elle fleurit la première et que demain flottera son nuage de neige et d'amer parfum. Le rossignol n'est pas loin ; il ne veut pas savoir que les vignes sont mortes ; aussi continue-t-il à chanter la chanson des rossignols d'autrefois :

« Sue... sue... sue... sue...
Vigneron !
Que la vigne pousse, pousse... »

Autour de Pâques

Ce qui rythme la vie des campagnes, c'est la montée et la descente du soleil, ce sont les saisons et les peines. Mais tout comme la silhouettte du clocher donne à chaque village son accent, ce qui se passe à l'église est si exactement superposé, si étroitement marié à cette vie, et cela depuis des siècles, qu'il est impossible de l'oublier et de l'en séparer.

Avant Pâques est le Carême et avant le Carême, Carnaval. Les réjouissances des villes nous étaient inconnues : ni déguisements, ni bals, ni cortèges. Il arrivait pourtant qu'une mouche de gaieté les piquant, quelques filles se mettaient en garçons, en vieilles mendiantes, se faisaient des moustaches de chanvre sous un sac en capuchon. Elles s'en allaient ainsi dire le Pater chez les voisins, toutes fières quand on n'avait pu les reconnaître. Les premiers masques, je les vis, sur je ne sais quelles figures, au seuil de ma marraine et j'ai longtemps gardé l'horreur craintive de cette laideur immobile, derrière quoi des yeux bougent.

Nous sortions des Cendres marqués sur le front par le pouce de M. le Curé. Alors commençaient les austérités du Carême. La moins pénible n'était pas cette prière du soir dans l'église obscure et glacée. Un lumignon rouge palpitait à l'autel ; l'unique bougie vacillait au banc des chanteuses... avec quel soulagement je me glissais vers la sortie !

A quoi bon nous prescrire la frugalité ? Point d'autres légumes que les derniers choux tirés de leur paille gelée, les poireaux et les navets, la pomme de terre. C'était le beau temps des harengs ; je revois, posé sur un chevalet, le baril dont la scie prudente faisait le tour : une moitié par ménage. On y puisait pour les dessaler et puis ils égouttaient à un fil de fer, loin du chat. Tête-bêche sur le gril ils fumaient en grésillant et tout le village sentait le hareng. Avant d'aller aux vignes, mon père mangeait le sien à la pointe du couteau. Nous nous contentions d'une moitié, bien aises de vivre en si bon temps ; trente ans plus tôt, il n'y avait qu'un hareng pour la famille et nous eussions gratté l'arête.

Le matin des Rameaux, chacun allait à son jardin pour y cueillir du buis. Il y a des pays de lauriers, de houx et de palmes ; nous n'avions pas d'autre verdure que ces branches sombres dont la senteur est si triste, et si humble la floraison jaunâtre. Au retour de l'église, le buis bénit était distribué dans la maison : un brin pour chaque lit, en travers du bénitier, un brin pour chaque porte et même à l'étable. On gardait une branche dans l'armoire. Quel jour et pour qui étendrait-on la main vers la branche ?... L'image passait d'une forme immobile sous le linceul et de la branche dans une assiette, entre deux flammes.

La semaine sainte avait ses offices, ses ténèbres, et l'indicible tristesse des Lamentations chante encore à mon oreille. Le vendredi saint, les cloches allaient à Rome confesser leurs péchés. Qu'elles puissent encore sonner les heures, nous ne songions pas à nous en étonner ; nous étions bien trop occupés à les remplacer.

On tirait du placard la crécelle, le *bruant*, silencieux depuis les dernières Pâques ; le mien avait servi à mon père, à mon grand-père. Taillé dans le chêne, il était indestructible et je n'avais pas trop de mes deux mains pour le faire virer.

La marmaille se rassemblait sur la place. Le plus hardi formait les équipes et distribuait les rôles : telle escouade vers les rues du Haut, telle à la rue du Vau et telle au « Cul-de-Sac ». On partait fièrement, braillant et crécelant :

« Au premier coup, entendez-vous ?

— Au deuxième coup, apprêtez-vous !

— Au troisième coup, rendez-vous ! »

Cela sur un ton de mélopée traînante, qui s'achevait en fausset suraigu.

Le village entier nous obéissait sans broncher, quelques libertés que nous prissions avec l'heure : nos sabots court-pattus ne pouvaient aller aussi vite que le ding-dong des cloches.

Le samedi saint, les cloches étaient revenues, toutes limpides et sonnantes et nous quêtions notre salaire. La bande armée de paniers processionnait de porte en porte. On nous donnait des œufs. Les grands faisaient le partage et les petits... attendaient d'être grands.

Tout ce qui avait filleuls, neveux, petits-enfants préparait les *roulées*. Je me suis longtemps émerveillé devant les œufs de couleur. Les femmes se cachaient pour les teindre, en jaune avec la peau d'oignon, en vert avec le lierre, en violet avec l'anémone des friches. J'essayais de manger les miens ; ils ne pouvaient certes ressembler aux œufs de tous les jours ! Briser la coquille, sentir dans sa paume la rondeur lisse et froide était plus agréable que d'avaler, en tendant le cou, le blanc d'abord, et puis l'affreuse petite boule jaune...

L'épicier vendait, couchés sur un lit de frisures, des œufs de Pâques en sucre givré, liséré de rose ; c'étaient, comme bien on pense, d'inaccessibles merveilles.

Le seul mot de Pâques sonnait la joie et les promesses du renouveau. N'était-ce pas le jour où les filles étrennent la robe neuve et les garçons le costume de demi-neuf ? De demi-neuf, oui ; que faire d'autre avec ces gaillards désespérants qui poussent comme des asperges, ont toujours la manche à mi-coude et la culotte au-dessus du genou ? On défaisait les plis, à moins qu'on ne rajustât la dépouille du grand frère.

Les couturières passaient les nuits. Il y avait de grands mystères d'étoffes et de garnitures, des voyages à la ville, des allées et venues le tablier relevé. Ne fallait-il pas le secret, jusqu'à cette sortie de la grand-messe, jusqu'au défilé multicolore ? Ah ! comme on souhaitait le soleil !

Les garçons ne pouvaient prétendre à de telles

splendeurs. C'est peu de chose qu'un feutre rond, une chemise blanche, une veste noire. J'ai vive souvenance de souliers neufs ; si généreusement que le cordonnier eût pris mesure, ils faisaient mal. Et pourquoi cessaient-ils brusquement d'être trop larges pour devenir trop étroits ? On ne sait pas assez comme il est difficile d'accommoder les pieds et les souliers.

Enfin, c'était le matin de Pâques ! Il en fut, certes, de maussades et de ruisselants. Qu'on me permette de les oublier et de croire que toujours les cloches ont carillonné dans le soleil. Et voici la joie, et voici les chants, et voici l'allègre, la naïve, la bondissante prose de l'O FILII et les alléluias !

Sources et fontaines

Qu'il soit de labours, de landes ou de rochers, aucun pays ne me semble vivre s'il n'a des fontaines au village et des sources alentour. Nul doute que ce goût ne me vienne de chez nous.

Je vous parlerai tout à l'heure du ruisseau qui descend des côtes et qui s'en va là-bas vers la Saône. Je veux d'abord faire le rassemblement des eaux qui — plus doucement que la roche — ont dit au premier homme passant ici : « Arrête-toi ! »

Mon pays a deux étages de sources. Que ses collines soient couvertes de bois pierreux ou que, plus basses, elles portent un éventail de vignes, elles ont, les unes et les autres, une ceinture d'eaux vives. Ce serait assez pour nous ; ce serait magnifique pour les contrées de puits et de citernes ; mais nous avons mieux. Au pied de la roche à pic qui jalonne des cassures profondes, jaillissent et s'épanchent des eaux si égales qu'elles semblent ignorer pluies et sécheresses, hivers et étés.

Où qu'il soit dans la campagne, le laboureur ou le vigneron n'a jamais besoin de revenir au village pour trouver de l'eau. Il redresse le dos et déjà dans sa tête se dessine le chemin de la source proche. Souvent il peut choisir : Vernois ou Charmont, Rosières ou d'Anguin, Godelaine ou Champdret, Sauveur ou Saint-Éloi ? Si une fée l'eût voulu — elle a bien fait de rester tranquille ! — nous n'aurions rien à envier à Vittel ou à Évian. Et si c'est présomption, que pour l'amour de l'eau on me pardonne !

Pour l'étranger qui passe, toutes les sources se ressemblent. Pour nous qui les connaissons, il n'en est pas deux semblables : chacune a son logis et son humeur, chacune a son destin.

Sous les touffes d'épine noire, au pied de saules qui jouent au peuplier, celles de Charmont n'ont qu'un filet ; sitôt éveillées, elles se marient, font briller les ornières du chemin et se hâtent vers le vallon qu'elles n'atteindront jamais. Auparavant, elles ont donné ce qu'elles pouvaient : l'eau d'un goûter de vigneron, l'eau d'un sulfatage et toute une chevelure de joncs pour attacher les ceps.

« Nous ne sommes bonnes à rien, disent celles de Montanson ; échappées du bois, nous nous perdons dans la rocaille ; abreuver les pas-d'âne, les corydallis de la haie, ce n'est guère ! Une nuit de septembre, pourtant, nous avons sauvé la vie à un garçon qui revenait de la fête et mourait de soif, ayant trop bu. »

La source d'Anguin est à deux pas du moulin ; mais qui ne la connaît pas peut la chercher ! Elle luit dans la haie, comme une couleuvre bleue, et l'on descend deux marches pour y puiser.

Le Defoy, bois de hêtres et de charmes, est sec en toute saison ; les pierres percées y sont comme des ossements blanchis. Par quel sortilège sa lisière est-elle toute frémissante ? En haut, le vent dans les mélèzes et les peupliers ; en bas, l'eau des sources. Les gens de chez nous se sont partagé cette bordure ; chaque famille y a son lopin, juste ce qu'il faut pour creuser une fosse carrée et tailler un fossé : le *routoir* pour le chanvre.

Au-delà, c'est la Godelaine et sa combe noircie de sapins. Au village elle donne son eau ; sur cinq ou six cents pas on a ouvert une tranchée, capté les sources que l'on mène en des tuyaux de fonte, jusqu'au pied du clocher.

Une seule s'est échappée, une solitaire en ce bout du monde. Le père Charles, le vieux chasseur, l'a faite sienne. A-t-il planté les vergnes qui l'encadrent, je ne sais, mais il a creusé le vivier où tout de suite elle se perd. Comme elle m'attirait, cette longue fosse dormante, à demi cachée sous les branches et où se glissaient — dit-on — des carpes monstrueuses !

Et combien d'autres sources encore ! Celle du Vernois, que les gens du canton ont prise pour boire — celle qui, à l'opposé, baigne le champ de roseaux où nous allions cueillir des panaches violets — celle du vallon voisin, si fidèle aux moissonneurs altérés — celle enfin, la plus curieuse de toutes, qui chante sous la terre au fond de la Coquillène, court à la rivière par un chemin secret et s'y jette en mille filets, du balcon de tuf qu'elle s'est bâti.

Cette longue promenade vous ennuie-t-elle ? Je devais la faire, en souvenir de mes découvertes d'enfant, en souvenir des après-midi de moisson, quand la cruche était vide et le soleil à peine penché sur l'horizon. Je prenais la cruche brune et le gobelet tintant, je partais en traînant les pieds à travers les chaumes. Combien de champs, de haies, de talus et de friches, avant la descente vers l'ombre et la fraîcheur ! L'eau était là ; j'écartais le brin d'herbe, l'épillet de folle avoine, je puisais avec précaution. Quand la cruche était pleine, c'était mon tour ; à plat ventre je tirais sur une paille, attentif aux bêtes qui, paraît-il, se plaisent au ventre des gamins.

Nos deux plus belles sources, je les ai gardées pour la fin. Il en est une toute petite et que son éloignement a sans doute sauvée de nos prisons : c'est le *Sauveur*, la perle, la sauvageonne. Au pied d'un talus d'éboulis, qui disparaît sous les frênes, les sureaux et la clématite, dans un creux grand comme un panier, elle fait sourdre la plus limpide et la plus égale des eaux. Elle lave son gravier mille fois lavé, traverse le chemin, saute le talus, court une minute sous les véroniques et les *barbouillettes* et, juste devant la vanne, tombe au bief du Petit-Moulin.

La Fontaine Saint-Éloi, sa grande sœur, est la mère du village.

Sous un pan de roche grise, elle sort en nappe brillante et muette. Pour la saisir, on a enfoncé dans le vallon des murs coiffés de laves ; on a capté le plus gros bouillon. Deux rigoles de pierre la mènent à un bassin, puis à un grand lavoir. Cela suffirait cent fois aux maisons et aux lessives. Les trois quarts du flot fuient à droite et à gauche et cela fait sortir de la voûte un miroir rond où les vaches viennent boire.

La fontaine surprend et ravit ceux qui la voient pour la première fois ; sa fraîcheur de cave, son eau si pure qu'elle ne laisse ni tuf ni vase, glacée et pourtant légère en été, tiède en hiver, la même en toute saison. On s'assied sur la pierre lustrée qui encadre le bassin, on regarde les pentes du lavoir que les laveuses ont fait de marbre rose ; on suit dans la charpente plus que centenaire la danse mouvante des reflets.

Un troupeau blanc et roux dévale le raidillon ; les bêtes viennent s'abreuver tout à la naissance de l'eau. Si on les laissait, elles resteraient là, le mufle ruisselant et les pieds au frais, sous la draperie des ronces et des fougères.

Rassemblées à la pointe du gué, les eaux de la fontaine fuient sous les planches et les troncs de la scierie ; elles disparaissent, puis se retrouvent parmi les menthes duveteuses. Le potager du château leur prend un filet pour ses auges ; la scierie leur demande ce qu'il faut à son petit jardin, sa poignée de cresson, le plaisir des oiseaux en cage. Le gros flot tombe au canal du Petit-Moulin. Le bief s'emplit deux fois par jour : c'est plus que ne ferait la rivière proche, qui tantôt s'emporte et tantôt languit.

Deux biefs par jour, cela fait deux fois cent livres d'orge écrasée ; les cochons qu'on engraisse et les veaux qu'on sèvre peuvent dormir tranquilles !

Les friches

Du levant au couchant, à travers notre campagne, court une échine de roche qu'on peut suivre, plus ou moins haute, plus ou moins large, d'un bout à l'autre du *finage*. C'est autant de volé aux labours, et quand nos gens descendent vers les bons pays de la Saône ou remontent vers le Bassigny, ils admirent ces champs sans haies et sans cailloux, taillés en plein drap ; ils soupirent en songeant aux dalles qu'il leur faut écorcher.

Mais nous sommes si habitués à nos friches qu'elles nous manqueraient si quelque nuit le diable venait renfoncer le roc sous la terre et étalait à sa place des sillons.

Elles changent de nom cinq ou six fois, mais c'est toujours la même pelouse rase, la même toison feutrée de mousse, de lichen, de gramens imperceptibles, et qui, verdoyant en avril et en septembre, roussit l'hiver et jaunit l'été. Elles ont cependant pour l'œil qui les interroge — et la meilleure façon c'est de s'y mettre à plat ventre — elles ont un visage pour chaque saison.

Le printemps y met le pointement de l'herbe, la broderie des potentilles, l'étoile soyeuse des anémones.

Le premier été les fleurit de la délicate corolle des hélianthèmes, de la grosse tête ronde des brunelles ; le thym y étale ses taches roses à côté des germandrées, et dans les creux abrités on trouve des fleurs singulières, à figure d'insecte, où se marient le vert et le rose, l'ocre et le pourpre.

Passé les jours arides où seul résiste le petit œillet rouge, où les chardons ras sont plus que jamais féroces au promeneur fatigué, vient le reverdissement de septembre. Il commence aux cercles de fées où pullule le marasme poivré : c'est le temps des champignons.

Les hautes friches de la Coudre sont toute une montagne pierreuse qu'autrefois tenait nette et ronde la dent des moutons et d'où certains jours on voyait bleuir le lointain Jura. Les moutons ne sont plus qu'un souvenir et la friche a changé de visage. Les uns ont planté des pins qui, d'abord perdus dans l'herbe dure, ont pris le dessus et font maintenant le désert sur le tapis de leurs aiguilles. D'autres ont laissé le vent et les oiseaux apporter les graines du bois voisin ; leur friche est devenue taillis. Ailleurs, les haies d'épine et de nerprun ont marché l'une vers l'autre et font des fourrés impénétrables. Ailleurs enfin, où la roche affleure, persiste la friche, royaume des genévriers.

De mon temps, ils n'étaient que quelques-uns, fluets et modestes ; ils étalent maintenant leurs branches traînantes, ils érigent leurs flèches inégales. On se perd dans leur labyrinthe piquant, à chercher un sentier disparu.

C'était le paradis des chercheurs de mousserons. Dès que septembre avait allongé les nuits et versé ses ondées, on montait à la Coudre par les vieux chemins de haies et de talus ; on longeait le bois, on se hâtait vers les bonnes places. Quel coup au cœur quand on voyait briller le cercle blanc, quand au détour d'un buisson l'on se trouvait subitement en face d'une magnifique boule-de-neige large comme une assiette ! Avec quelle dévotion on pliait le genou ! Quelle déconvenue quand les vers vous avaient devancé, mais quelle pure joie quand le couteau vous livrait une créature d'un blanc de lait, aux lames à peine rosées, à demi soudées encore à leur collerette et fleurant l'anis ! On continuait à fureter dans l'herbe autour des genévriers, trouvant ici la tête ronde d'un nouveau-né et là les traces subtilement déguisées d'une cueillette plus matinale.

Il ne faut plus songer à cela, maintenant, dans la broussaille envahissante. Il faut se contenter de parcourir, nez baissé, les quelques landes encore découvertes. Il faut se rabattre sur les bolets égrenés comme des poignées de marrons et qui pleurent un lait de soufre, glaner une *coulemelle* grise, moins encore, une poignée de marasmes décharnés ! Bien heureux quand on n'en est pas réduit à donner des coups de pied aux vesses-de-loup, aux lactaires barbus !

Aux lisières du village, les friches de la Ville et celles de la Roche sont à la commune. Pauvres pâtis, où les vaches pincent d'une dent désabusée le poil ras d'un gazon aromatique. C'est tout au plus un apéritif, en attendant le râtelier, un digestif au retour d'une grasse luzerne. Mais le bétail y a le pied sec ; il y respire un air léger.

Les gens se sont accoutumés à les faire servir aux usages les plus divers. L'un y cherche la pierre pour sa cour et l'autre comble le trou avec les laves de son vieux toit ; celui-ci y dépose son bois, l'y oublie, et celui-là vient à son secours. Pendant longtemps, on y a dressé les *tisses*, qui sont nos meules, non pas rondes comme en Beauce, mais allongées, coiffées d'un toit à deux pans hérissé de bâtons et couvert de seigle. Les tisses disparaissent dans la rapidité du battage et l'ampleur des granges, au grand regret des gamins et des chemineaux.

Quels labours donneraient ces plaisirs ! Maintenant que je suis vieux, plus que jamais j'aime nos friches. On y va quand on craint l'eau et la boue, on y va au printemps, on y va à l'automne ; on polit sa semelle au rude tapis de leur gazon. Elles ont des places pour tous les temps. Sur telle bosse ronde, un jour de vent, vous remplissez votre poitrine d'air vif et vos yeux des images de l'horizon ; laissez-vous glisser sur la pente, allez jusqu'à ce buisson : le vent vous passe au-dessus de la tête, vous suivez au ciel la procession des nuages, vous buvez jusqu'à la dernière goutte la tiédeur du soleil. Il fait trop chaud : allongez-vous dans ce creux, tirez votre chapeau sur les yeux et dormez. Un reste d'activité vous agite : voici un nez de roche grise où vous pourrez vous asseoir, avec un livre ou une aiguille, sans crainte des vipères ou des fraîcheurs.

Nos friches sont de ces choses qui ne servent à rien, et qui en sont plus précieuses. Leur pauvre pelage n'a jamais accueilli que la ronce et l'épine, le genévrier et l'églantine. On a essayé des cerisiers ; les uns ont renoncé à vivre ; les autres, premiers fleuris et premiers cueillis... je devrais dire : maraudés ! fatigués de toujours réparer leurs branches, se sont lentement laissés mourir.

De tout ce qui a changé dans mon pays, les friches sont ce qui change le moins. Est-ce pour cela que je les hante ? Elles sont ce qui demeure, ce que les yeux de nos anciens ont vu tel que je le vois ; leur pauvreté les a sauvées.

Les vipères

Combien de fois en mon enfance n'ai-je pas entendu ces deux avertissements : « Si tu n'es pas sage, le bon Dieu te punira », et : « Prends biens garde aux vipères ! » Si je dis que j'ai été nourri dans la crainte de Dieu et des vipères, n'y voyez donc point d'irrévérence.

Ce foisonnement de friches, de haies, de pâtures abandonnées, ces petits mondes clos que ne troublent ni troupeaux ni charrues et qui cuisent au soleil — n'est-ce pas ce qu'aiment les vipères ? Elles y trouvent l'abri du vent, la pierre moussue, l'herbe sèche où il fait bon dormir, le refuge des fourrés d'épines, le dédale des pierres entassées, les galeries de la taupe et du mulot.

Entre les haut bois rocailleux et la fraîcheur des combes, suivant des humeurs que nous ignorons, elles voyagent. Là-haut, peut-être, les lits de feuilles et de terre rouge, propices aux rencontres du printemps ; en bas, au cœur de l'été, l'eau et la rosée. Est-ce pour cela qu'elles abondent au long des talus où nos deux terroirs se touchent ?

Le plus singulier, ce sont leurs migrations nocturnes.

Certaines nuits que personne ne sait, elles montent ou descendent par troupes. On le voit le lendemain aux méandres qu'elles ont laissés dans la poussière des routes ; l'une ou l'autre gît rompue sous un vol de mouches. Est-il vrai que des piétons attardés rebroussèrent chemin plutôt que de poursuivre, les enjambant ? Je ne sais, mais le vieil homme de la scierie raconte que, revenant de son rucher, il se trouva par terre, une vipère entortillée aux rayons de son vélo. Il l'écrasa sous son talon, mais elle avait planté ses crochets dans le soulier. Plus jamais le cuir n'a voulu briller !

La peur que nous avons des vipères n'a d'égale que la peur qu'elles ont de nous. Si vous n'aimez en rencontrer, vous n'en verrez point : le bruit de la voix, le buit des pas, une baguette qui fouette l'air ou les branches, cela suffit. Tout au plus entendrez-vous quelque frémissement dans ce buisson : lézard, souris, oiseau, couleuvre ou vipère, qui le sait ? Mais la peur n'hésite pas.

Si vous voulez voir une vipère, rien n'est plus facile. Le vent vient du Midi, ou, dans le ciel orageux, pas un souffle. Meilleurs encore cette première chaleur d'avril, ce coup de soleil après l'averse. Venez avec moi, montons jusqu'aux friches de la Ville ou de la Roche. Cherchons une longue haie bien abritée, avançons à pas muets, les yeux jetés en avant sur la pelouse ou la pierraille… tenez ! La voici !

Ne vous la figurez pas enroulée en spirale bien sage, ou allongée comme une branche. Non, elle est là, tortueuse et imprévue, telle que son mouvement s'est arrêté. Votre cœur siffle en vos oreilles ? Attendez qu'il se calme ; admirez cette souplesse abandonnée, cette robe fauve dont les exactes géométries se mêlent de gris et de noir, cette petite queue jaune et tronquée, ce cou étroit, cette large tête plate. Vraiment, êtes-vous en danger ?

Nous n'avons rien dit, nous n'avons pas bougé, nous avons respiré à peine. Et voici pourtant que s'anime imperceptiblement ce long corps inerte ; la tête se soulève, oscille et s'oriente, tout se meut à la fois, ondule et glisse vers le buisson... plus rien !

Les vipères étaient un gibier, non pour la casserole, mais à cause de la prime : cinq sous, qui en devinrent dix, puis vingt.

Nous avions des chasseurs de toutes sortes. Il y a celui qui surprend la bête sans la chercher, dans l'andain, sous la javelle ; il y a l'amateur qui laisse souffler ses chevaux, plante là sa charrue, coupe une baguette et s'en va. Dix fois déjà il l'a manquée ; ce sera pour ce matin, si, endormie, gonflée d'une souris, elle ne l'entend pas venir. La gaule siffle et s'abat, le corps aux vertèbres rompues se tord convulsivement, la queue fouette l'air, la tête menace ; un coup encore et c'est une chose molle et flottante que notre homme rapporte à la pointe de sa baguette.

J'ai connu un vrai chasseur de vipères. C'était un petit homme tranquille ; il préférait cela, le dimanche, au jeu de quilles. Le pantalon dans les bottes, une boîte en bandoulière, il partait avec son bâton armé d'une courte fourchette à trois dents. Au retour, on lui demandait parfois d'ouvrir la boîte : quel grouillement de ventres annelés, noir et blanc, de dos gris ou fauves ! Cela donnait le frisson.

On dit qu'au prochain village, toute une famille chassait la vipère pour un savant de Paris. On raconte que ces gens les charmaient et les prenaient à la main, juste derrière la tête. J'aurais aimé voir cela, ou seulement notre curé en tenant une par la queue, pour bien montrer qu'elle ne peut se redresser jusqu'à mordre.

Au beau temps, il ne se passait guère de jour que l'un ou l'autre n'allât jusqu'à l'école ou chez le maire, présenter sa chasse, pincée en brochette dans un coudrier fendu. C'était bien une vipère, avec tous les signes. Parfois on en discutait : tête en amande, mal détachée du corps, queue trop longue... couleuvre ou vipère ? Argument décisif... on cherchait dans la gueule, avec un brin de paille, les deux crochets en épine d'églantier.

Un coup de bêche tranchait la tête, pour éviter certaines résurrections fructueuses, et c'était fini.

Les vipères étaient un souci pour les mamans et pour les travailleurs. On en trouvait dans les blés, que le dos de la faux clouait sifflantes sur le chaume ; on pouvait les empoigner dans la javelle, les trouver engourdies sous l'andain ou même juchées sur un tas de gerbes. La voisine une fois en jeta une au four, dans un fagot d'épines ; quelle peur à la voir sifflante, brandie comme un fouet hors des flammes !

On y regardait avant de s'asseoir, on relevait le grain de la pointe d'une faucille. Il faut croire que le danger n'est pas si grand puisque, de mémoire d'homme, personne chez nous n'avait été mordu. Je ne parle pas des chiens ou des vaches qu'on voyait parfois affolés et gémissants et à qui venaient de drôles d'enflures. L'oncle Fane eût plutôt oublié ses cartouches que sa trousse « Michel Legros ».

J'ai tué quelques vipères et je le regrette. On dit que ce sont les *peutes bêtes*. Je dirais volontiers que ce sont de pauvres bêtes, et pas si méchantes. Un jour, je cueillais des champignons sur la friche, auprès d'une touffe de coudre et j'entendais tout près de mon oreille un singulier : Bzzzzz... C'était une vipère qui, balançant sa tête à hauteur de ma main, battait en retraite. Elle m'eût aisément mordu et n'en fit rien ; il ne faut pas que sa générosité soit perdue.

Nos gens unissent dans la même répulsion tout ce qui rampe ou fait semblant. Ils traitent donc de *peutes bêtes* les couleuvres et les orvets, les lézards gris — qui sont des *orlosettes*, les lézard verts — qui sont des *védrets*, les salamandres — qui sont des *diables* et les courtilières — qui sont des *bougres*. Pauvres créatures ! Il vaut mieux pour elles ne pas nous rencontrer.

Qu'y a-t-il cependant de plus inoffensif qu'un gentil orvet de métal brillant, qu'une fine couleuvre à col jaune filant sur la rivière, qu'un lézard gris battant la mesure avec sa gorge pendant que vous sifflez ? J'aime ce vieil homme dont le nom est perdu et qui avait apprivoisé un *védret*. Il le menait à la messe, entre peau et chemise, et on dit que personne, mieux que lui, ne tendait l'oreille au prône.

La rivière

Petite rivière de chez nous, qui n'es qu'un ruisseau, qui es le ru, tu as enchanté mon enfance. Ton nom aimable et léger, je ne le connaissais pas, mais toi, je te connaissais bien ! Tu viens d'une source vive, sous la roche, là-haut, près de la ferme qui est la Dhuis, bien nommée ; tu te hâtes de descendre au Val-des-Nonnes, et puis tu entres dans nos prés. Alors tu es nôtre, pendant près d'une lieue ; à tous les détours de ta fuite, je t'ai accompagnée.

Je sais maintenant pourquoi tu coules d'abord dans une large prairie, pourquoi tu t'étrangles ensuite dans l'étroit vallon que dominent nos maisons, pourquoi tu t'étires enfin dans le sillon broussailleux qui te mène à la Saône.

Mais en ce temps-là, ce n'est pas ainsi que j'étais curieux. La rivière, c'était l'eau vivante enserrée dans ses berges de pré. Ici, on l'eût cru dormante, sans la feuille d'or qui lentement y glissait ; plus loin, elle fuyait silencieuse, sous le réseau de ses rides croisées et, enfin, réveillée aux cailloux d'un *passoir*, elle chantait.

Qu'il lui fallait donc de souplesse et de patience pour aller son chemin ! Elle n'était pas de taille à jouer de la hure ou du poitrail. La moindre souche la détournait ; elle se faufilait entre les glais aux fleurs jaunes, entre les épilobes roses et les menthes crépues. On la devinait de loin à tout ce qui lui faisait cortège : églantiers et aubépines, frênes et coudriers, vieux saules têtards, et tout en haut, le bruissement éternel des grands peupliers.

Il faut que je m'arrête un moment à ces arbres, frères et amis de mon ruisseau. A ces vieux saules d'abord, jamais plus hauts que notre main haussée et chaque jour vainqueurs de la mort. Leur bois pourri s'en allait en amadou, en terreau aigre et moisi, mais une sève vivace persistait sous leur écorce. Réduits à une lame creuse, ils lançaient toujours autour d'eux le soleil de leurs branches rutilantes et de leurs feuilles d'argent. Quand la serpe venait de les tondre ras, ils retrouvaient des bourgeons sur leur crâne obstiné et, non contents de vivre en égoïstes, ils s'amusaient encore à nourrir quelque ronce, quelque groseillier sauvage.

Les peupliers se faisaient vis-à-vis tout le long de l'eau. Il y en avait de tout âge et de toute taille. Les anciens avaient depuis longtemps oublié le soyeux épiderme de leur enfance ; rugueux et crevassés, ils offraient leur énorme flanc à la caresse des vaches. Aux jours de grand vent, assis à leur pied, on défiait les rafales qui sifflaient dans leur cime et les émouvaient jusqu'aux racines.

La rivière se promène dans un large bassin ; elle enlace d'un bras nonchalant notre Pré-Rond, puis elle passe le pont et s'enfonce dans *la Lanne*, au pied du village. Elle y court d'abord sur les pierres puis elle se calme et se creuse : c'est qu'on l'a barrée pour la mener aux moulins. Le trop-plein saute la vanne, glisse au flanc du déversoir ; il se perd et se retrouve dans un fouillis de roches, de feuilles géantes, de souches et de vieux troncs ; il ébauche une cascade au Pont-du-Saut et se hâte, inquiet, vers l'eau qu'on lui a volée et qu'il veut retrouver.

Cette eau file tout droit vers le bief ; à peine a-t-elle eu le temps de lever les yeux vers le noyer d'Amérique et l'acacia qu'elle est précipitée sur la roue. Elle rejaillit, elle écume, elle s'abîme en un vertige, elle fuit vers son lit qui l'attend. Heureuse quand elle échappe au second moulin, qui somnole ; elle n'échappera pas au troisième, tapi dans son creux, au bout de l'*Étang*.

Dans cet *Étang*, qui n'est plus qu'une étroite prairie, elle dort entre les berges profondes, assombrie de toute la verdure qui l'enserre.

Visage clair et riant, visage d'émoi et de cris, visage apaisé et secret, c'est toujours elle.

Je la revois en mars, abondante, limpide et froide. La lance des iris pointe à peine ; dans l'herbe naissante, le soleil des pissenlits, l'étoile des pâquerettes.

Deux mois ont passé ; l'eau s'embue de je ne sais quelle vie. Dans le flot le saule rougit, le bourgeon des peupliers met aux doigts sa cire odorante, qui pétille sur le gravier, des milliers de vairons en robe de noce se pressent et frétillent.

Un beau jour d'été : l'eau laiteuse et bleutée bouge à peine : un nuage d'alevins, épingles vivantes, monte et s'affarouche ; une libellule se pose sur un jonc ; quelque part, roucoule un ramier.

Si petit qu'il fût, mon ruisseau avait ses colères. Il était certes d'humeur paisible et constante, mais comment, quand on est ruisseau, échapper aux influences du ciel et des astres ?

Je l'ai donc vu, quand le grand vent d'ouest mangeait la neige, quand il promenait ses longues pluies intarissables, quand surtout l'orage d'encre et de feu crevait sur notre cirque de côtes, je l'ai vu monter, rouler un flot jaune, sortir de son lit, refaire le lac et les étangs d'autrefois. Il ne se souciait guère du foin coupé ou de l'herbe haute ; le foin se retrouvait, en perruques limoneuses, sur les saules. Brusques et rares colères qui laissent la récolte gâtée, les creux envasés et des troncs de peupliers en travers du courant.

Plus souvent, l'été torride tarissait le ruisseau. On le voyait de jour en jour baisser, n'être plus qu'un filet aux passoirs. Les fosses se couvraient d'une taie grise ; peu à peu se découvraient les berges inclinées, les souches noirâtres ; un pullulement de poissons mourants agitait cette eau croupie. En 93, on vit jusqu'au fond les plus grands creux et l'on put mesurer le risque de s'y laisser choir.

Jusqu'aux moulins, mon ruisseau vivait en fainéant. Ce n'est pas travailler que prêter son eau pour les jeux des gamins, que la donner aux troupeaux qui vont boire. En été, les laboureurs y menaient leurs chevaux. Le dimanche, avant la barbe et la messe, ils descendaient la route jusqu'au grand gué ; ceux qui avaient servi dans les dragons ou les cuirassiers se souvenaient de la basane et du bridon. Ils poussaient du talon leurs bêtes jointes, qui s'ébrouaient à grand fracas.

Nous aussi, nous allions nous baigner ; comme personne ne savait nager, nous ébauchions des gestes de grenouilles, en trébuchant sur les cailloux, et nous cachions ces escapades. On nous eût prédit la pleurésie ou la noyade ; nos gens n'étaient pas trop amis de l'eau, quand ils ne l'avaient pas en horreur.

Pêcheurs

Tout enfant j'ai été un enragé pêcheur. Mes premiers souvenirs me montrent l'oncle Fane déballant aux vacances lignes et hameçons, ou bien mon père qui descend au vallon, quelque dimanche, avec sa gaule et son chaudron. Je revois M. le Curé qui glisse, noir et solitaire, le long de la rivière et M. le Maître en coutil gris, sous les saules de la *Grosse-Tronche* !

Mais, direz-vous, que pouviez-vous bien pêcher dans ce fossé capricieux que vous appelez rivière ? Je répondrai simplement que nous avions le choix. Le chevesne se promenait en bandes dans les fosses ; le goujon fouillait du museau le gravier des courants ; on trouvait sous les pierres des *chabots* à large tête et dans la vase de longues *moutelles* grises à barbillons. Mais je dois à la vérité de reconnaître que le roi de la rivière, c'était l'innombrable, le pullulant vairon, de cette espèce où les géants atteignent presque la taille du petit doigt. Si vous en concluez que j'ai été surtout un pêcheur de vairons, j'avouerai que c'est vrai. Avec une confusion modérée ! Dépendait-il de moi de m'attaquer à des bardeaux, carpes, brochets ou autres grands seigneurs ?

Pendant longtemps, j'ai fabriqué mes lignes : le plaisir était plus sûr, sinon plus vif que de s'en servir. Il fallait dérober une aune de fil, le cirer de cire jaune, l'armer d'une épingle recourbée. Pour flotter, un bouchon percé où j'enfilais une plume de poule, et comme gaule, une pousse de noisetier. De quel œil aigu je fouillais les cépées pour y découvrir le plus svelte rejet !

Plus tard, j'eus de vrais hameçons. Quant aux lignes pliées sur une planchette, avec du crin, du plomb, de la soie, un flotteur rouge et blanc, ce furent longtemps pour moi des objets magnifiques et inaccessibles. Toute ma vie je me souviendrai de certains Messieurs de la ville, installés au *Grand-Pâtis*. Ils avaient des gaules faites de morceaux emboîtés comme les lunettes des marins ; ils avaient des lignes brillantes et — chose inconcevable — tout en crin. A des hameçons imperceptibles, ils enfilaient des vers minuscules et miracle ! d'une flaque dédaignée, ils tiraient d'énormes moutelles. Que j'étais petit garçon, à côté d'eux, avec mon brin de noisetier, mon épingle et ma boîte à cirage pleine de vers !

Pourtant je prenais du poisson ; j'en prenais tant que j'en voulais. Le vairon est une créature singulière, cent fois plus étourdie que la linotte ou le hanneton. Il se jette sur tout ce qui bouge ou brille. Le ver avait à peine touché l'eau qu'une grappe avide l'entourait, le bousculait, le pourchassait. Dans l'eau transparente je me suis souvent diverti à suivre la chasse jusqu'au moment où le misérable vainqueur, bridé par sa proie, se retrouvait gigotant sur le pré. On pouvait recommencer vingt fois sans décourager les prétendants ; le moindre débris d'amorce suffisait et parfois rien du tout : promenant le fil dans l'eau, on ramenait quelque bestiole accrochée par le ventre ou le flanc.

Me voici équipé pour une longue séance, la gaule sur l'épaule, la boîte à vers dans la poche et à la main le petit chaudron à fromage blanc de la moisson. Où aller ? En haut, c'est la vaste prairie, la rivière ouverte et libre, l'espoir d'attraper quelque goujon d'argent bleu ; en bas de la maison, c'est, à deux pas, l'eau profonde et le vairon bien nourri ; plus loin, vers l'*Étang*, la paix certaine et l'eau qui jamais n'a tari... Aujourd'hui encore, je ne passe guère sur le pont sans jeter les yeux vers la place où je suis si souvent venu m'asseoir : une roche grise s'incline sur l'eau, un grand noyer étend ses branches et les buissons font une logette close. Je m'en allais ensuite de place en place ; je connaissais en chacune et la profondeur et le courant, ici la souche traîtresse, l'épine noyée, et là les iris en touffes, la branche de frêne qui vous accroche !

Les heures passaient, passaient ; je les entendais sonner au clocher, de plus en plus lointaines ; elles me semblaient se presser les unes contre les autres, oublieuses du temps qui aurait dû les séparer.

Les poissons s'entassaient dans le chaudron. Qu'il en fallait, pour le remplir ! Mon trésor de désir et d'espoir, je le sentais fondre à mesure que j'avançais. Je finissais par où finissent tous les pêcheurs : encore deux ! encore un ! Je sortais de mon rêve, je me hâtais vers la maison, où les gens ne songeaient guère à la pêche. Ils pensaient parfois que j'étais tombé à l'eau et me faisaient assez rude accueil : « Ah ! te voilà encore, avec tes poissons... et il va falloir que je les fasse frire ! C'est la mort au beurre ! » On les mangeait pourtant, tout croustillants, tête et queue, et arêtes.

Que d'à-côtés délicieux dans cette pêche ! La danse annelée d'une fine couleuvre, son collier jaune hors de l'eau, le va-et-vient affairé d'un gros rat ruisselant, la libellule de crêpe qui se pose sur votre ligne, l'éclair bleu d'un martin-pêcheur et son cri pointu... En bas, entre deux eaux, le glissement d'un gros chevesne ailé de rouge, et là-haut, les souffles du vent.

J'étais parfois le compagnon de l'instituteur et de ses fils. La camaraderie du ver et du bouchon diminuait les distances ; il m'apprenait à enfiler l'amorce et à donner le coup de poignet. Pour lui, il donnait le sien comme il faisait toutes choses avec une décision qui enlevait au poisson le temps de se reprendre et le faisait sauter sur le pré.

Il avait, comme il sied, des ambitions de maître. Une sauterelle au bout de fil, il chatouillait l'eau sous le nez des gros qui flânent au soleil : un bouillonnement, une brusque détente, et la blanchaille faisait dans les airs son dernier voyage. A de telles prouesses, je ne me hasardais point ; je serais mort d'émoi, avant le poisson.

A quoi bon cacher que d'autres pêchaient autrement ? En fenaison, mon père descendait du grenier les grosses carafes à fond percé. Une ficelle roulée leur faisait un collier gris. Il les emportait au pré, les garnissait de son, et, entre deux dents de son râteau, les descendait dans le courant. Quel battement de cœur quand il les relevait. Quel grouillement affolé ! On tirait le bouchon et on ramassait le fretin.

Quand la rivière tarie n'avait plus que ses fosses, au crépuscule, des gars sans vergogne se mettaient à l'eau en vieilles culottes et en sabots. Ils allaient et venaient, piétinaient la vase et bientôt sur cette purée jaune, ils n'avaient qu'à promener leur corbeille qui ramassait tout, petits et gros. Ils en rapportaient de pleins seaux, mais il fallait un cœur solide pour les manger.

La rivière est toujours là, mais je n'y pêche plus guère. Chevesnes et goujons ont disparu ; en revanche, il est venu, on ne sait d'où, des truites et tout un peuple d'écrevisses que ravage, quinze jours l'an, la ruée des citadins. J'attends pour m'y remettre que l'âge m'ait rendu la candeur de mes dix ans et la peur que me faisait, au bord de l'eau, le souffle brusque d'une vache, dans mon dos.

L'année fleurie

Faisant halte en cette Saint-Jean d'été, qui est comme le faîte de l'année, tout brillant de lis et de coquelicots, je revis les mois passés, j'attends les mois à venir, chacun avec ses compagnes fidèles et silencieuses, les fleurs : fleurs de la maison et des jardins, des champs et des prés, des friches et des bois. Comment les nommer toutes ? Elles savent du moins que je les connais et que je les aime.

Leur ceinture diaprée tourne entre deux flammes. A gauche, la flamme candide et penchée de la perce-neige demande au sol glacé par quel prodige il l'a délivrée du froid et de la nuit ; à droite, la flamme des *veilleuses* se hausse vers le soleil oblique et dit merci, pendant qu'au lierre bourdonnent les dernières abeilles.

Nos gens avaient d'autres soucis que de soigner des fleurs, mais il y aura toujours des filles, des femmes et même des hommes pour les aimer. Cela se voyait, rien qu'à passer devant la vitre, au fuchsia rose et blanc, à la pâquerette étoilée, au délicat rosier du Bengale. Audessus, l'ombre légère d'une « suspension », la chevelure d'une linaire striée de bleu.

Les carrés de choux et de poireaux avaient leur liséré

de vieilles fleurs fidèles. Cela commençait avec les coucous bariolés, les pendeloques des « cœurs-de-Marie », les giroflées brunes, les couronnes impériales. Venaient ensuite les roses, dont nous n'avions que deux sortes, la rose blanche aux longues tiges glauques, et la rose à cent feuilles, hérissée et poisseuse, dont les pétales odorants jonchaient l'église et la rue à la Fête-Dieu.

L'été donnait ses œillets rouges et blancs, ses *têtes-de-chat* bigarrées, ses soucis et ses lis. Il nous menait doucement aux reines-marguerites de septembre, aux petits chrysanthèmes d'ocre pourpre, aux asters violets de la Toussaint.

La campagne était encore plus généreuse. Beaucoup y ont passé leur vie sans voir autre chose que des champs et des vignes, du fourrage et du foin. Mais il en est qui, malgré toutes leurs peines, ont eu un regard pour ce qui ne sert à rien qu'à être beau et à sentir bon. Merci donc à mon père qui, fauchant, gardait une rose au coin de sa moustache blonde ; merci à ma mère qui, revenant des vignes, levait les yeux vers les lilas de Perse. Je leur dois bien plus que les trente sous de la première « Petite Flore » !

Après les calthas d'or dans l'eau des fossés et la douceur mauve des *Saint-Georges* sur l'herbe neuve, après les violettes et le bois-joli, les *jeannettes* et le muguet, le parc du château tendait au-dessus du chemin ses grappes de lilas, ses boules-de-neige, l'ivresse sucrée des seringas.

Le long des haies où je menais la Rouge et la Blonde, foisonnaient les orties blanches et les stellaires ; après les grappes des acacias et des cytises, les aubépines pointillées de carmin et l'arc fleuri des églantiers !

Aux prés de juin dont l'herbe nous montait aux épaules, dans le moutonnement des herbes inconnues, je cherchais la grande berce aux tuyaux sonores, les marguerites et les lychnis, puis, le long de la rivière, celles qui aiment l'eau : glais jaunes, grandes valérianes, écume floconneuse de la reine-des-prés.

En allant vers les vignes et les blés, d'autres attendaient : vesces violettes agrippées aux buissons, caillelait aux croix minuscules, coronilles roses et blanches dont, les yeux fermés, je retrouve le parfum sous la houppe du coiffeur, et, dans les épis, les hautes nielles élégantes, au-dessus de celles qui n'ont voulu qu'une couleur mais éclatante : adonis, dauphinelles, miroirs-de-Vénus...

L'année se défaisait ainsi, jour par jour, et le dernier souvenir qu'elle me laisse est celui des tristes gentianes serrées à la lisière du bois, dans la fumée d'un brouillard de novembre. La fête était alors aux feuilles des hêtres, à l'étonnante flamme d'or et de rose du néflier perdu dans la haie.

Ma grand-mère, Nanette était attentive aux herbes et aux fleurs. Elle connaissait leurs vertus et il ne se passait guère de jour qu'elle n'en rapportât dans son tablier ou sa hotte. Cela séchait sur la tablette des fenêtres, sur des volettes à l'ombre, puis disparaissait dans des sacs, des *mangeottes*, des tiroirs, des fioles, pour les maux à venir. Ce grenier où j'ai passé tant d'heures à lire, il embaumait la mélisse et la menthe, le mélilot et la reine-des-prés. A côté des paquets bruissants et pâlis, pendus aux poutres, le vieux bahut mangé des vers gardait en ses tiroirs racines et pétales en attendant qu'on vînt y fourrager pour les tisanes et emplâtres.

Ma grand-mère tenait ses secrets de ses grands-mères et des curés guérisseurs ; ils avaient traversé les temps, les temps où l'apothicaire était aussi redouté que le médecin. Secrets que les jeunes ont perdus : la terre a tourné si vite que cette vieille science s'est envolée.

N'attendez donc pas que je retrouve les cinquante simples de ma grand-mère. Je sais seulement qu'il y en avait de toutes sortes : celles qui sont bonnes pour le rhume, depuis le pas-d'âne et les coucous jusqu'aux feuilles de ronce — celles qui guérissent les coups et les foulures : millepertuis, arnica — celles qui chassent l'humeur : fumeterre et pensée sauvage — et le pavot pour les petits qui ne veulent pas dormir, et la gentiane pour les filles qui n'ont pas d'appétit... que sais-je encore ? Bourrache pour les rougeoleux, chiendent pour les rognons, tilleul pour les agités, mélisse pour les crampes, anis pour les entrailles...

Mais je serais un bel ingrat si j'oubliais les pétales de lis confits dans l'huile et l'eau-de-vie, et dont grand-mère avait toujours une fiole pleine. Que de fois me suis-je vu, grimaçant, le doigt serré dans mon mouchoir rougi, pendant qu'elle tirait de la fiole, du bout d'une chènevotte, le baume qu'elle allait poser sur ma dernière entaille ! Le parfum douceâtre est encore dans mes narines et, bien mieux que les cicatrices de mes deux mains, il me rend toutes vives et ma sottise et l'inépuisable bonté de mon aïeule.

Le chanvre

Je suis venu au monde trop tard pour connaître le berger communal, tenir les pattes des moutons qui perdent leur laine et voir teindre le droguet dans une chaudière. A peine si j'ai senti la laine grasse des gros bas me piquer les mollets. Mais j'ai connu l'âge du chanvre.

Âge défunt, maintenant, et dont les seules reliques sont ce nom de chènevières à nos jardins, le surnom de *Tissier* à telle famille, la fosse à demi comblée des *routoirs*, quelque rouet que les vers mettent en poudre, et, dans les armoires, un linge inusable.

Nous sommes en juin. La combe de terre rouge est tout entière d'un vert égal et doux. C'est le jeune chanvre qui sort et qui étale ses doigts découpés. Il aime ce fond gras et bien fumé.

Voici l'Assomption : le chanvre est plus haut qu'un homme. En ce premier jour de vacances, je cours à la chènevière ; invisibles et babillantes, les femmes y tirent *la femelle*, qui d'ailleurs est le mâle. Je me perds dans les sentiers étroits, j'écarte les longues tiges minces, je plonge dans la grisante senteur.

Octobre : par un après-midi de soleil on arrache le reste ; cette fois, il n'y a plus à choisir et la terre se dépouille. Le chanvre, mis en bottes, sèche en X le long du mur. Une hachette lui rogne le pied. On s'amuse au battage qui se fait sur le chemin, dans un tonneau de paille tressée ; les *ménevets* s'y cognent la tête, pan, pan, et cela fait une musique qui ne ressemble à aucune autre. Le tonneau s'emplit d'un mélange de feuilles et de chènevis, tout grouillant de perce-oreilles et d'autres bêtes. Il n'y a plus qu'à vanner.

Le chanvre sec, il faut le rouir, le *naiser*, comme on dit chez nous. On n'allait pas à la rivière, sujette à s'emporter, mais aux *naisoirs*, qui alignent leurs fosses à la lisière du bois. Les bottes posées sur un lit de paille de seigle et chargées de pierres, on barrait la rigole. Trois semaines après, on retirait le chanvre gluant et ruisselant : j'en respire encore la violence nauséeuse et aromatique !

Teiller le chanvre était une besogne d'hiver pour les vieilles femmes, habiles et précautionneuses. Il fallait prendre chaque brin et, de bas en haut, en détacher les fibres à demi flottantes. Cela faisait de longues queues de cheval toutes grises et qu'on nouait pour qu'elles ne s'emmêlent pas.

Les chènevottes, blanches et légères, allumaient le feu. Les plus belles, coupées en morceaux et plongées dans un bain de soufre, se logeaient en un sabot, sous la cheminée. Une braise sous la cendre et l'on faisait l'économie d'une allumette.

Que de jouets avec ces chènevottes ! Triangles, étoiles quatre-en-chiffre entrelacés, épées dans la ceinture du tablier... et les jeux du feu : cercles de lumière dans l'obscurité, flamme qui court le long du tuyau, jet de fumée qui se tord et brusquement s'enflamme...

Le chanvre teillé passait au peigneur, au *fretau*. Travail pénible, dit-on. Il en sortait une étoupe grossière, bonne tout au plus à rembourrer et calfeutrer les portes ; les grosses fibres servaient pour la toile à sacs et à tabliers ; « l'œuvre » fine, nouée en *poupées*, était réservée au linge fin.

C'est elle que j'ai vue roulée comme une chevelure pâle sur la quenouille de ma grand-mère et maintenue par des rubans croisés comme il y en a aux jambes de Charlemagne. Je n'essaierai pas de raconter le rouet et son travail. Je me contenterai de revoir la vieille Nanette sur sa chaise basse, son couvet sous ses jupes et le bâton de sa quenouille dans sa ceinture. Avec deux doigts, elle lance la roue et le rouet se met à bourdonner sur deux tons : basse légère, sautèlement grêle de la bobine. Les mains agiles tirent, étirent, mouillent et tordent... ce qui me préoccupe, c'est de savoir si tout à l'heure on me permettra de tourner le dévidoir.

Pendant ce temps, ma tante retord des fils pour les coutures et mon grand-père en bonnet bleu aiguise ses *paisseaux*. Il nous fait bon feu d'*ételles*... oserai-je dire ce qui arriva un jour ? A genoux devant le feu, je disais ma prière, en balançant la quenouille. Tout à coup, bouf ! la quenouille prit feu. Quelle émotion ! La flamme étouffée, je repris le Pater et quand j'en arrivai au : Pardonnez-nous nos offenses... ce fut d'un tel accent que tout le monde partit à rire, même le grand-père, qui ne riait guère.

Passons sur les lessivages, les séchages, le travail du tisserand à peine entrevu dans la pénombre des chambres basses. Je ne sais guère me débrouiller parmi ces noms de toile, mi-fil, droguet, demi-droguet, quatre-fils, sans compter les serges, les treillis et le bouracans.

Revenu dans l'armoire, en rouleaux larges et lourds, le chanvre attendait souvent des années, des générations avant d'être mis en draps de lit, en chemises, serviettes et torchons. Toutes les bonnes maisons avaient leur réserve de fil et de toile, et je vois encore aux poutres des greniers des écheveaux qui attendent la résurrection des tisserands.

Ce qui est sorti de nos chènevières, c'est ce linge inusable, ce sont ces draps rudes et frais qui grattent la peau et supportent si bien l'ardeur de la bassinoire, ce sont ces serviettes qui valent le gant de crin, ces grosses chemises que j'ai vues se gonfler aux épaules de mon père quand il fauchait devant, ce sont enfin ces piles jaunies, le trousseau de ma mère, filé, cousu par elle et qui n'a jamais été déplié.

C'est le vieux tissu, *bué* en cent lessives et qui tient toujours bon, tellement les mains dont il est sorti furent attentives et loyales, linge que je préfère aux plus fins et qui, trempé dans l'huile et le vin, guérirait, je crois, toutes les blessures.

On se demande parfois à quoi pouvaient bien s'occuper ces gens d'autrefois si nombreux sur si peu de terre. Qu'on songe seulement au chanvre semé, roui, peigné, tissé par les mains des hommes — tiré, teillé, filé, cousu par les mains des femmes...

Je dis cela pour les jeunes. Quand au grenier ou sur l'armoire ils verront un vieux rouet, qu'ils le regardent avec amitié.

Le houblon

Il n'a jamais été chez nous qu'un hôte de passage, capricieux et chagrin. J'ai vu les magnifiques houblonnières flamandes, alsaciennes, mosellanes. La plante s'élance allégrement vers la pointe des belles perches de sapin, s'enroule comme une parure autour des fils bien tendus. Les champs y font de solides bataillons carrés, pavoisés de vert sombre et de vert clair.

Chez nous, le houblon était venu timidement des vallées d'en bas. Il avait gagné nos vallons et nos combes, parce qu'un original avait commencé, parce que les autres avaient suivi, dans l'espoir de trouver là les quelques écus que la vigne refusait. Chacun se mit à planter.

Dans un trou creusé à la pioche, on mettait un éclat de souche, avec ses yeux et ses racines. La première année il poussait une liane traînante qu'on n'attachait même pas. L'année suivante, on lui donnait un échalas et la troisième une vraie perche. Nous étions pas assez riches pour payer vingt ou trente sous les belles perches de mélèze et de sapin. Chacun quêtait donc dans son affouage les brins de charme, de tilleul, d'alisier les moins tourmentés ; il y ajoutait l'élagage des vieux saules et les acacias de quelque friche. Mais comment aligner tout cela ? Nos houblonnières faisaient un peu figure de piétaille s'en allant à la croisade.

Elles donnaient pourtant assez de mal. En mars, il fallait découvrir la souche et tailler. Il fallait ensuite empercher ; le lourd piquet de fer, que son seul poids enfonçait, forait les trous. On prenait une perche à la pyramide dressée comme une tente de sauvages, on en retaillait la pointe et on la fichait en place.

Après la fumure, le labour et le piochage. Chaque plan dardait une délicate tête de serpent, écailleuse et violacée, qui tâtait le flanc de son appui. Alors on venait « accoler » la jeune plante qui, comme vous savez, tourne en sens contraire du haricot et n'en veut pas démordre.

Après un ou deux labours encore, on attendait les premiers jours de septembre. Montant chaque jour sa spirale, le houblon atteignait la pointe des perches. Il déployait, il élargissait ses rudes feuilles découpées ; chaque aisselle lançait sa branchette. Là-haut, manquant d'appui, les brins flottants retombaient emmêlés ou se mariaient hardiment entre eux. De petites fleurs paraissaient, mouches légères, qui peu à peu se gonflaient en boules et en grappes.

Avec quelle impatience on attendait la cueillette ! Que de risques auparavant ! La sécheresse qui tarit la sève, la pluie qui fait pousser en feuilles, le mildiou qui saute de la vigne sur le houblon, l'orage et le vent qui battent, meurtrissent et rouillent la plante.

Dans la hâte d'en avoir fini, on mobilisait tout le monde. Les hommes arrachaient les perches à la main ou avec une griffe dentée ; ils les posaient sur la *cabre* de chaque cueilleuse, les dépouillaient, les entassaient.

Les femmes cueillaient, debout devant l'ouvrage, une grande poche de toile nouée à la taille. Et comme elles allaient, leurs mains ! Comme il fallait se hâter pour gagner les deux sous d'un double ; il fallait aussi ne point mêler de feuilles aux fleurs, ne pas laisser celles-ci en trop gros bouquets, ne pas les froisser... Parfois le travail allait bien ; des perches bien dégagées, de belles grappes serrées et solides ; mais parfois aussi, il fallait chercher dans les feuilles, se débattre dans l'inextricable labyrinthe des lourds capuchons retombés.

On y allait d'abord de l'ongle, mais les ongles étaient bientôt creusés, fendus et douloureux. On serrait les grappes entre les doigts mais les doigts étaient bientôt meurtris. Le pollen enduisait les mains d'une résine verte et noire, si tenace qu'elle résistait à la brosse. Tout ce qu'on touchait prenait la franche amertume du houblon ; on s'y faisait plus aisément qu'aux démangeaisons variées qui écourtaient le sommeil.

Quand j'allai « *à l'houblon* » pour la première fois, c'était avec ma bonne tante, la Sœurette.

Je me revois assis à l'ombre légère, au revers du sillon. J'ai ma corbeille et mon sac ; la tante m'approvisionne en jolies branches qu'elle éclate d'un geste vif ou que taille sa serpette de vigneronne. Je coupe les fleurs, avec précaution, une à une, deux par deux... Je m'amuse à défaire les écailles veinées, dont chacune a son petit nid de poudre brillante autour d'un grain minuscule.

Voici l'heure du dîner ; j'ai très faim. Sur son tablier bleu, la tante pose le pain, la tasse de fer, le chaudron ; la bouteille d'eau rougie est dans le fossé, sous les menthes. Ai-je jamais eu si bonne potée ? Nous piquons en camarades, l'un après l'autre, la carotte et la pomme de terre, la cosse et le grain ; je lui laisse le panais. J'ai maintenant un dé de lard maigre, une poire d'été ; la vie est douce.

Je pardonne au houblon de me noircir les doigts et de me gratter la peau ; voici tout à coup sur une feuille une si drôle de chenille verte, ocellée d'argent, fleurie de houppes blanches et qui fait la boule dès qu'on y touche ! Et cette autre, orangée et noire, dont le velours ondule et qui balance une tête de chat ! La corbeille ne s'emplit guère vite, auprès de telles merveilles.

A la fin de la saison, j'avais tout de même gagné cent sous, un écu resplendissant, paraît-il, car je ne l'ai jamais vu : il passa tout droit de la main de la tante dans celle de maman.

La cueillette voulait le beau temps. Dès que la pluie menaçait, on se hâtait de dépouiller les perches et l'on cueillait dans les granges.

Chaque soir, les sacs remplis allaient au séchoir. Nous n'avions ni foyers ni calorifères ; nous ne comptions que sur les courants d'air qui vont d'une lucarne à l'autre dans les greniers. On y avait échafaudé des charpentes qui soutenaient des claies de tilleul. Il fallait les garnir, remuer chaque couche, pendant des jours et des jours. Toute négligence pouvait roussir la fleur et faire faire la grimace aux courtiers.

On les attendait, ces courtiers, sans jamais être assurés de leur venue. On savait moins encore les prix, qui allaient de deux sous à vingt sous la livre... certaines années, il ne vint personne.

Plus encore que le vin, le houblon était une marchandise à chagrin. Quand il était cher, il n'y en avait point ; et les années d'abondance, il était pour rien, couvrant à peine la dépense. On gémissait, on jurait de tout arracher... et puis, on espérait encore.

La guerre a achevé nos houblonnières. Les laboureurs se sont tournés vers le blé et le lait ; les derniers vignerons sont morts ou sont partis. Le houblon a suivi la vigne, qui avait suivi le chanvre.

Il reste les souvenirs. Et puis au grenier un tas de claies, à la grange le piquet de fer. Quand je vais en quelque combe, je trouve sur la haie ou le merger l'ample draperie d'un houblon redevenu sauvage. Je lui prends une fleur que je respire : âpre et miraculeuse senteur qui me rend ma jeunesse !

L'année du vigneron

Aller en vendange et faire le vin, c'est la joie, la récompense ; il nous faut revenir en arrière et montrer la peine, tout au long des mois.

La vigne n'était pas, chez nous, la reine qui là-bas, vers le nord, s'étale aux pentes champenoises et qui, plus près, brode la côte bourguignonne. Mon pays de broussailles, de vallons étroits, de petits coteaux, n'a pas les amples lignes, les grands espaces adossés des beaux vignobles. L'aridité brûlante ou glacée de la « Montagne » est toute proche ; mais dès qu'elle cesse, la vigne apparaît.

Cent ans plus tôt, elle régnait en maîtresse sur tout ce qui n'est ni trop haut ni trop bas, ni trop mouillé ni trop sec, sur le glacis caillouteux qui joint la forêt au vallon ; elle rayonnait autour de Charmont, elle cernait le village de ses clos, et, sautant par-dessus labours et prés, elle se retrouvait aux pentes du Val-des-Nonnes.

Pourquoi les vieux vignerons cassés se courbaient si bas, longtemps avant de mourir, il eût suffi de les suivre au long d'une année, pour le savoir.

Commençons à l'automne, après vendanges et pressurages, alors qu'il n'y a plus, semble-t-il, qu'à goûter le vin nouveau en se chauffant les *grèves*.

Dès novembre on arrachait les *paisseaux*, on les rapportait au logis dans la hotte, sur une brouette. Besogne d'hiver que de les aiguiser. Je revois mon grand-père en bonnet au coin du feu ; ficelé à son genou, un vieux sabot garni d'étoupe. La serpe cogne et crie en refaisant la pointe ; les échalas rompus s'en vont au feu, avec les ételles. Pour en avoir de neufs on prendra les pousses de saule ou des rejets de chêne ; il faudra les écorcer, les refendre, les façonner au banc de tonnelier.

Aux jours sans neige et sans gros gel, le vigneron allait curer les fossés, remonter à la hotte ou au panier la terre descendue par les orages, défoncer à deux fers de bêche les terrains qu'il voulait planter. Il attendait avec impatience le chant du pinson, qui lime la clé des beaux jours.

Alors, il décrochait sa serpette et son sécateur et s'en allait tailler. On aimait tailler tôt, quand la sève est encore endormie. Chaque plant veut sa taille, courte celui-ci, longue cet autre, qui ne donne ses grappes que loin de la souche. Dans nos vignes à cépages mélangés, il fallait d'abord reconnaître l'espèce, et puis choisir le plus beau bois. On laissait ici un long sarment à provigner, et là, on amputait la souche de tel moignon difforme. Épars dans les vignes, les sécateurs claquaient dans l'aigreur de mars ou le premier soleil. Les sarments liés d'un saule revenaient à la maison pour les flambées d'été.

Tout de suite après, commençaient les gros travaux. Dans les vignes fatiguées, on creusait des fosses entre les lignes et on y recouchait les sarments voisins. Ils s'y enracinaient et donnaient de nouveaux plants.

Venait alors le premier labour, le plus profond, le plus pénible, dans une terre tassée, alourdie, engraissée par l'hiver et pourtant si caillouteuse qu'elle ne veut ni bêche ni houe. Nos taillandiers avaient depuis longtemps trouvé les formes qui conviennent : la pioche à une ou deux pointes, la *maille* à deux cornes et parfois à une seule, en cœur aigu.

Ce labour se disait : *sombrer*, et il y fallait de la force. Sitôt après, les paisseaux revenaient sur la hotte et on les plantait.

La sève en mouvement faisait de grosses perles claires aux biseaux de la taille : eau merveilleuse pour les yeux malades ! Les bourgeons gonflés débourraient de leur coton ; deux petites feuilles fripées, rapprochées comme des mains jointes, s'entrouvraient ; quelques jours encore et l'œil averti distinguait les raisins. Pas d'époque plus dangereuse pour la vigne ! Temps de crainte et de tremblement ; on surveillait le ciel et le vent, les soirs clairs, et la bise... il n'y avait qu'à tendre le dos et à prier Dieu. Que de fois, et jusqu'en mai, le soleil s'est-il levé sur une campagne blanche de givre ! Nul besoin d'y aller voir, et pourtant, on y allait. Quelle tristesse, ces jeunes pousses flétries, noircies et comme brûlées ! Qu'attendre maintenant, sinon l'effort désespéré de la sève trompée, fusant en faux bourgeons, en rejets foisonnants, espoir de bois pour l'année suivante, mais portant le deuil de la vendange.

Quand la gelée nous épargnait, il fallait débourgeonner, sarcler. D'un doigt attentif, on détachait les pousses superflues, on faisait sauter les entre-feuilles ; on rognait l'extrémité des branches, ramenant la sève aux grappes et ne permettant à chaque sarment que ce qu'il pouvait porter et mûrir.

Soleil et pluie faisaient de chaque cep un buisson vert. Alors les femmes venaient pour accoler. Le tablier relevé sur un bottillon de jonc, de menu chanvre ou de paille de seigle, elles relevaient, rassemblaient les tiges autour du paisseau et les y fixaient.

On pouvait alors donner les façons d'été, ces labours légers qui brisent la croûte, gardent à la terre sa fraîcheur et hâtent la maturité. Je n'ai pas oublié ces lentes remontées entre deux lignes de ceps, le dos courbé et la raclette au poing. Qu'il était long à venir, le bout de la vigne ! Comme le temps eût semblé long, sans la causette, le souple va-et-vient de l'outil, le plaisir d'exterminer les herbes pullulantes : liserons roses et blancs qui tissent leur tapis moucheté et dont les racines annelées n'ont point de fin ; larges feuilles molles et cotonneuses des pas-d'âne, minuscules sapins de la queue-de-cheval, mourons roses, séneçons grisâtres, potentilles dorées qui courent comme des lézards, et, dominant ce bas peuple, le hérissement lourd des laiterons fragiles, l'orgueil pourpre des grands chardons.

Tout cela, tranché, arraché, se couchait et se fanait en une heure de soleil, laissant à l'œil le plaisir des verdures bien alignées sur la terre rouge. Si l'on eût tardé, c'était la vigne submergée dans le foisonnement des herbes : on pouvait compter, sur la côte, les héritages négligés. Ils ne parlaient pas de paresse, mais de maladie, d'enfants trop petits, de vieilles gens solitaires dans une maison trop grande...

Vigne et vigneron, vendange et vendangeurs, cela sonne clair et gai dans les chansons. Mais il n'est guère de récolte plus aventurée. Le ciel, la terre, et le diable, ma foi ! conspirent à la voler. Qui le sut mieux que mon père, quarante années durant ?

Sauvé de la gelée, le raisin n'est pas sauf. Juin le met en fleur et je ne sais pas de parfum plus frais, plus suave et plus capiteux que celui de ces bouquets invisibles. Mais qu'il survienne un brouillard, pluie ou froidure, la fleur coule, vous n'aurez que des grappes misérables, quelques grains qui se gonflent dans un pullulement d'avortons.

Aux approches de la vendange la pluie ne vaut pas mieux ; le raisin rougeoie sans mûrir ; le vin n'aura ni couleur, ni force, ni bouquet : il faudra « se tenir à la table » pour le boire.

Le plus terrible, c'est la grêle. On la craignait aux jours de lourde chaleur, on la sentait venir dans les nuées blafardes, dans le vent glacial, dans le bruissement lointain, entre les coups de tonnerre. Brusquement, elle était là, rebondissant sur les toits, tintant sur les vitres. Nous restions muets dans la cuisine obscurcie, le cœur serré, avec l'espoir fragile que la nuée capricieuse épargnait nos vignes. Hélas ! Feuilles hachées, grappes meurtries, bois blessé... la récolte perdue, la vigne malade pour trois ans.

Mildiou, black-rot, oïdium, des vers de toutes sortes travaillaient la feuille et le raisin. Ce fut bientôt une droguerie de soufre, de sulfates, de bouillies d'où les vignerons rentraient jaunes ou bleus, du feutre aux sabots. On en venait encore à bout, mais on ne put rien contre le mal souterrain.

Ce fut d'abord une pourriture de la racine. Mon père arracha ses vignes et s'en alla à cent kilomètres chercher des boutures saines. Quand il eut replanté, ce fut le phylloxéra.

On en parlait comme d'une peste lointaine, mais on croyait qu'il ne viendrait pas chez nous, que l'insignifiance du vignoble le sauverait. Et puis, un jour, dans sa plus belle vigne, mon père me montra la première tache. Il prit sa pioche, arracha un cep ; au long des racines rougeâtres, nous vîmes bientôt et sans loupe la bête officiellement invisible, qui mettait sur l'écorce le pointillé jaunâtre de ses colonies.

Il fallut, une seconde fois, tout arracher. Nous fîmes connaissance avec des mots nouveaux : porte-greffe, hybrides, raphia, Viala, Rupestris... Nous passions des semaines, aux environs de Pâques, à manier le greffoir devant des tables chargées de sarments, à tailler en biseau et à ajuster nos sifflets. Sur les terres rouges, la vigne broda ses premières feuilles.

Mais la guerre vint, qui pour la troisième fois tua les vignes. Les jeunes partis, que pouvaient les vieux ? Ils eurent beau s'acharner, donner leurs dernières forces : c'était la fin.

Elle eût pu venir plus tôt. Mais le monde était bien fermé autour de nos villages. Tout y prêchait la résignation, le consentement. Les vieux avaient vécu cette vie, plus dure encore ; ils ne concevaient pas qu'on pût vivre ailleurs. La ville ? Inconnu terrible... comment ne plus voir les champs, ne plus cultiver la terre ?

Il restait l'invincible espérance. Elle se gonflait à chaque renouveau, comme les yeux mêmes de la vigne. Elle se nourrissait de menues promesses, comme celle des parents qui ne veulent pas désespérer de leur enfant : après la beauté du bois, celle des bourgeons, et puis les raisins, et puis la fleur qui passait bien... et les grains, gros comme des pois... et puis... et puis... Chaque désastre arrachait des paroles de désespoir, mais insensiblement le temps refaisait du courage et de la force.

Une bonne année en faisait oublier dix mauvaises. Il me souvient qu'une fois mon père vendit du vin. Comme le pauvre homme était heureux ! Il se voyait déjà hors d'affaire et ses enfants élevés. Hélas ! Cela ne se retrouva plus.

Si mauvaise que fût la récolte, les vignes donnaient tout de même quelque chose. On leur sacrifiait les jardins mais elles toléraient quelque jardinage discret : ails, échalotes sur les ados, mais surtout raves d'automne et haricots nains : ceux-ci revenaient au logis par hottées qu'on égrenait aux veillées, qu'on battait au fléau. Le haricot tenait dans la vie du vigneron presque autant de place que le pain ; il se fourrait sans vergogne dans les tonneaux vides.

La vigne ne souffre pas qu'on lui prenne son soleil. Toutes nos vignes avaient cependant leurs pêchers, semés par les oiseaux et dont le feuillage léger faisait bon ménage avec les pampres. Leur nuage rose devenait en septembre une profusion de fruits vermeils à chair onctueuse ou succulente, sous leur peau velue.

Aux enfants, qui ne prennent que la fleur des choses, la vigne prodiguait ses plaisirs. Après la vigne qui pleure, venaient ses vrilles, qui font les cornes et sentent l'oseille. C'est de sa petite vigne des Lavières, perdue entre les pierres, que la tante nous rapportait chaque année le premier bouquet de fraises, un vrai bouquet, noué d'un brin d'herbe, où se mariaient les fruits mûrs, les fraises vertes et les fleurs. Les cerises venaient ensuite. La friche qui continuait la vigne avait des bigarreaux, des « cœurs de pigeon », des cerises noires. La cerise aigre y poussait toute seule, en touffes vigoureuses qu'on méprisait d'abord, pour y revenir au temps de la moisson, bien aise de glaner de quoi déraidir la langue racornie. Les lisières avaient leurs groseilliers blancs et rouges. On y venait pour les confitures, mais que de fois, au fond de la hotte du vigneron, n'avons-nous pas trouvé la branche avec ses feuilles et ses grappes de lumière !

Quelques années encore et les dernières images de la vigne auront disparu. Courbés sous la hotte, les derniers vignerons sont partis pour le dernier voyage. Les meilleures terres sont retournées aux labours. Le reste revient à la friche, à la pâture, à la broussaille ; devant ces coudriers et ces épines, un aïeul n'en croirait pas ses yeux : la place de son labeur est pourtant là, entre les mergers où il porta sa pierre.

Dans nos maisons, les tonneaux vides moisissent dans les caves ; les cuves et les balonges tombent en javelle dans les granges.

Mais là-bas, sur la côte, comme si elle voulait défier le temps et espérer quand même, aux rameaux blanchis du cerisier mort, une vigne folle suspend ses draperies et lance ses pousses ensauvagées.

Moisson

Plus que fenaison et vendange, la moisson était la grande affaire de nos gens et même des vignerons et manouvriers. Ils y voyaient le pain quotidien, un grand mois de travail et le moyen de *racquitter* les labours et les charrois.

Les jeunes ne peuvent plus savoir ce qu'était la moisson. Aujourd'hui, si tout mûrissait à la fois, en moins de quinze jours, les machines auraient tout rasé ; huit jours encore, tout serait engrangé, battu, ensaché. De mon temps, la moisson commençait en juillet avec les seigles ; elle durait tout le mois d'août et l'on s'estimait heureux quand les vents de septembre n'ébouriffaient pas les dernières avoines.

Il fallait tout abattre à la faux ; le bon faucheur ne dépassait guère en sa journée le *journal* de blé, les deux *journaux* d'avoine. Les journées étaient longues pourtant ; on se levait avant le jour, on rentrait à la nuit close, ce qui fait, en comptant bien, seize heures sur le chantier. Ajoutez qu'on ne pouvait se décider à lier tout de suite la moisson, qu'on la mettait en javelles pour sécher l'herbe et mûrir le grain, et que le champ voyait ainsi deux ou trois fois ses ouvriers.

La nuit pâlissait à peine que déjà brillait derrière les vitres la lueur jaune des lampes. Tournant ses jambes vers le pavé, le père retrouvait sa culotte de coutil, sa ceinture de cuir et ses gros souliers poudreux. Dans la cuisine aux mouches endormies et bruissant leur rêve, la maman allumait le feu et sautait l'omelette ; avec un reste de lard froid et un verre de piquette, cela faisait le déjeuner. Une voix adoucie mais ferme m'appelait : « Allons, il faut te lever. » Je sortais du fond de mon rêve comme on sort d'un puits. Quelle ivresse de sommeil encore et comme chaque mouvement me rappelait les mouvements de la veille ! Debout, mal éveillé et bâillant, j'admirais le robuste appétit de mon père.

On partait pour la journée et l'attirail était pesant : la faux montée sur le *râtelot* aux dents de bois, l'enclume et le marteau, le grand râteau avec son peigne de clous à chevrons, cent ou cent cinquante liens de seigle ou d'écorce de saule mouillés, et dans la hotte, les provisions de la journée : pain, vin, eau rougie, fromage et fruits, parfois la cruche de terre vernissée ou le baril. On s'en allait ainsi le long des chemins pierreux, le long des haies, pendant que l'aube blanchissait et que tout en haut du ciel les petits nuages rosissants voyaient déjà le soleil.

Il arrivait que le champ fût tout aux confins du *finage*, à trois quarts d'heure de marche. Avec quel soulagement on posait le fardeau ! Si, au premier feu du soleil, on attaquait le premier andain, on n'avait pas perdu son temps.

Le père allait devant et je le suivais. A lui, le bord du champ, avec la raie, les creux et les bosses, les carottes sauvages et les bornes cachées. Il ne s'agissait plus ici, comme en fenaison, de promener une lame bien affilée sur le velours d'un pré. Le chaume est dur et il faut le scier ; le sol est inégal et caillouteux. A prendre trop bas, on taille dans les mottes et le caillou ; à lever trop la main, on laisse la paille. C'est affaire d'ajustement du dos, des jambes et des bras ; on cherche la pose et le rythme qui donnent vitesse et bon ouvrage, en ménageant l'outil et l'ouvrier. J'ai longtemps cherché, et à travers combien d'infortunes ! La lame qui rebrousse son fil et qu'il faut redresser, la coupe en escalier, comme le perruquier novice, l'élan trop brusque, qui couche en arrière le blé coupé, les dents mal réglées qui peignent le blé encore debout... que sais-je encore ? Mais qui a trouvé n'oublie plus.

Quand tout cela était vaincu, quand on était devenu la machine qui fait exactement ce qu'il faut faire, à chaque seconde, par la vertu de l'œil et sans y songer, cela n'était pas désagréable du tout. On allait demi rêvant, dans le va-et-vient de la faux, le craquement du chaume, le bruissement des épis, l'écho tour à tour confondu et alterné des faux voisines. Il était encore de bonne heure ; les ombres s'allongeaient sur la rousseur du blé, la blancheur de l'avoine ; les muscles et les charnières déraidis retrouvaient un jeu facile, l'air frais glissait sur les bras nus et la poitrine ouverte...

Comment gémir quand on avait la force, quand on songeait que derrière chaque faucheur, il y avait une femme, une enfant parfois, et dont la tâche était autrement dure : relever l'andain et le mettre en javelles. La releveuse allait à reculons, la tête au niveau des genoux, entassant, serrant contre sa poitrine les épis abattus. La rosée du matin lui tombait d'aplomb sur le dos, la sueur et le vertige lui brouillaient les yeux. Ses mains empoignaient le chardon, l'arrête-bœuf, cent herbes piquantes et rêches qui lui faisaient les bras rouges et brûlants. Il lui fallait sans trêve se courber, jouer des mains et des bras, se relever, courir aux javelles, revenir à l'andain. Qui faiblissait un instant sentait son faucheur s'éloigner et se rapprocher la faux du suivant... avec moins de courage, on eût pleuré ! Parfois, sans rien dire, l'homme s'arrêtait. Du bec de la faux, il levait deux ou trois javelles ; il tirait des épis des chardons les plus insolents et les jetait à la haie ; un vol d'aigrettes soyeuses s'en allait dans le vent porter au loin la mauvaise race.

A l'ombre raccourcie, à l'estomac creusé, nous sentions venir midi. En ce temps-là, on mangeait aux champs ; une mère, une sœur devait apporter le dîner. Combien de fois ai-je guetté le bout de la haie, le tournant du chemin où devait apparaître la silhouette familière ! Elle apparaissait enfin, lointaine et menue, chargée de paniers, et s'arrêtant quand il lui fallait trouver son chemin dans les blés et découvrir ses gens.

Sous le poirier sauvage, à l'ombre de la haie, on s'asseyait autour du chaudron ; les javelles servaient de sièges et de coussins. Le menu, vous le connaissez : ni verres ni assiettes ; cuillers et fourchettes allaient et venaient de la bouche au plat commun et la même tasse de fer-blanc passait de main en main ; les délicats choisissaient la place.

Jamais je n'ai eu plus faim ni vu d'appétits plus magnifiques. C'était la saison des légumes nouveaux, car nos primeurs sont tardives : petits pois, carottes, haricots, disparaissaient plus vite encore que la grosse miche enveloppée de toile. On finissait par le fromage blanc à l'échalote et par les premières prunes ; des *madeleines* bleues et des *arniselles* roses dont le seul parfum était un régal.

Aux jours de canicule, on ne pouvait se remettre tout de suite à la tâche. Pendant une heure ou deux, toute la contrée dormait. Je me revois étendu. La tête sur une javelle et, sur le nez, mon chapeau de six sous, en jonc bariolé. A travers sa tresse, le soleil pique des étincelles irisées. Le corps allongé s'abandonne à la flamme ; le temps des coups de soleil est passé ! L'infatigable chanson de grillons et des criquets emplit l'air qui danse et vibre ; quelque part, là-haut, miaule un tiercelet. Entre mes paupières alourdies, la lumière n'est plus qu'une poudre aux orbes rayonnants... Dormons !

Après la sieste — on disait « faire une heure » — venaient les plus méchantes heures de la journée : ce repos écourté, la fatigue du matin et du repas, l'aridité de la terre et ce soleil impitoyable... A certains jours torrides, jours sans nuages et sans air, la touffeur était telle qu'on se sentait pâmer comme un poisson.

Il fallait aller pourtant ! Que le champ semblait long à grignoter avec des pas de vingt centimètres, et combien semblait lointaine l'autre rive ! L'enfant que j'étais se disait : « Je donne cent, deux cents coups de faux sans lever le nez... alors, j'aurai la surprise d'être au bout. » Et pourtant, quand je levais le nez, le bout du champ m'attendait bien loin.

Ceux qui ruissellent de sueur avaient une soif terrible ; ils empoignaient la bouteille, ils soulevaient la cruche, ils se les versaient dans la bouche renversée, pendant qu'allait et venait la bosse de leur gosier. Mais en vain ; ils se gâtaient l'estomac sans se désaltérer. Mieux valait encore résister, sucer un caillou, une prunelle verte.

Vers les cinq heures, on *marendait :* fromage blanc, soupe au vin sucré — la *trempusse* — une salade de laitue : choses fraîches et légères qui vont chercher le reste de la force pour le reste du travail.

Le soleil baissait ; le champ se rétrécissait ; deux ou trois andains encore et ce serait la fin. Je n'y pouvais croire, je me demandais comment, sur tout ce chaume dépouillé et dur, nous avions pu promener la faux qui, maintenant, sonnait clair en attrapant les derniers épis.

C'était alors le bref crépuscule d'été, rose et vert. Les pauvres gens qui n'avaient qu'une vache à l'étable et personne pour la mener paître ramassaient encore sur la *tournière* et le talus une charge d'herbe ; ils rentraient aussi chargés qu'ils étaient partis. L'angélus lointain les surprenait au champ ou sur le chemin. On allait, les membres rompus, les pieds heurtant les cailloux, avec la musique de la pierre dans son étui, des grillons dans les haies et le bou, bou... cristallin d'un crapaud. Des bouffées de chaleur montaient de la terre et se mêlaient à des coulées fraîches venues des fonds ; souvent, quand nous arrivions dans la petite cour, la lune était levée derrière les arbres du vallon.

Ce champ que nous quittons, il était honnête, l'épi bien droit, la paille ferme, le sol égal. Mais il en est d'autres, blés versés par l'orage, échevelés aux quatre horizons, blés fourrés de vesces, de liserons grimpants ; avoines envahies de sénevé et de trèfles, ou si maigres qu'on fauche à vide sur la terre rouge ; champs de cailloux, de mottes laissées par le rouleau...

Quand on fauche pour soi, le courage reste, mais quand c'est pour un autre, on a les bras cassés d'avance. Bien avant la moisson, le manouvrier pouvait se dire, devant certains champs : celui-ci est pour toi.

On s'y mettait pourtant. Il n'était plus question de s'endormir au rythme de la faux. Il fallait assurer chaque coup, changer sans cesse de posture et de direction, arracher chaque touffe à ses liens inextricables, donner toute sa force et la sentir désarmée devant ces faiblesses jointes. Pester ? Blasphémer ? Tout planter là ? Le mieux était de se résigner, mais il arrivait qu'à quatre personnes et en se tuant, on ne gagnait pas cent sous.

La moisson avait d'autres besognes. Les enfants glanaient dans les roies, le long des haies. Quand ils avaient dix ans, on leur faisait traîner le grand râteau qui cahote et grince en peignant l'éteule. Ce qu'il ramasse : épines, ronces, feuilles sèches et chardons, ne vaut guère ; mais qui eût affronté le jugement du voisin ?

On mettait l'avoine en andains ; un faucheur y suffisait. Il tirait la faux en dehors et la déchargeait d'un coup sec du poignet. Les habiles ne regardaient jamais où cela tombait, et cela semblait tiré au cordeau. Quand le soleil et le vent avaient bu l'eau des tiges, on venait *enrouler*.

Pour lier, chacun avait sa tâche. Les enfants traînaient, plaçaient les liens ; les femmes y posaient trois javelles, deux dessous, une dessus ; l'homme suivait en liant. Travail facile quand on regarde et qui demande pourtant adresse et vigueur. Il faut peser de tout le corps agenouillé sur les javelles, rapprocher en les croisant les deux brins de seigle, les tordre sans desserrer l'étreinte et pousser le tortillon sous le lien tendu. Voilà bien des mots pour une chose simple et rapide qui — bien faite — vous donne une gerbe ceinturée où il faut, tenant debout toute seule, comme celle des billets de banque, et qui — ratée — vous laisse devant un je ne sais quoi sans queue ni tête.

Venaient enfin les tas, les *trézets*, treize gerbes dont douze en croix, épis croisés et la treizième ouverte en capuchon, coiffant le tout. Un *trézet* bien bâti ne craignait ni vent ni pluie. Pour se donner moins de mal, on posait aussi trois gerbes sur les douze, l'épi en auvent du côté des averses.

Je garde le souvenir de tristes années, années de blé germé, où des pluies persistantes semblaient avoir juré la perte de la moisson. On allait au champ un matin d'éclaircie ; il fallait s'enfuir sous la pluie cinglante, un sac sur la tête. On faisait des javelles, des andains ; on les retournait pour les sécher et l'averse les arrosait encore. Blanche et dorée, la moisson tournait au gris, dans la moisissure des menues herbes, les épis égrenés, la verdure affligeante des grains germés. Récolte perdue avant d'être à la grange et dont on voyait déjà les grains vidés fuir dans la menue paille !

Les grands-mères disaient pourtant qu'il ne fallait pas se plaindre. Elles se souvenaient de leur enfance, des petits champs d'orge et de seigle qu'on coupait à la faucille ; jamais on n'eût voulu y mettre la faux brutale qui perd le grain. Avec quelle prestesse encore jouaient leurs vieilles mains, l'une sapant et l'autre ouvrant ses doigts aux épis ! C'étaient les mêmes femmes qui, à genoux sur l'aire, soufflaient la poussière et ramassaient, un à un, les grains.

La moisson était un temps de dure fatigue ; ceux qui pouvaient maigrir ne s'en privaient pas, et les secs étaient plus brûlés que jamais, « noirs comme des coucous ». Pourtant, pas plus que le courage, la belle humeur ne manquait, et même le rire.

Quand on était toute une bande, la gaieté venait toute seule ; l'un encourage l'autre, sans le vouloir et sans le savoir, et la besogne avance. On rappelait les moissons d'autrefois, après la louée, dans les fermes où l'homme gagnait cent francs et la femme cinquante, pour six semaines ; on disait du mal du vent et du soleil, on discutait d'arêtes brasées et d'arêtes clouées, de pierres d'Ardenne et de pierres d'Auvergne.

Le père broyait un épi entre ses paumes ; il le vannait d'un souffle, il en soupesait le grain ; dans sa tête déjà il calculait la semaille et le pain.

S'il n'y avait point d'école ou de gardienne, les enfants étaient là. Ils dormaient, ils s'amusaient à l'ombre, loin de la faux et du coup de soleil. Que de choses leur furent alors révélées ! La fleur de la nielle, qui est comme un œillet à barbes vertes, celle de la gesse qui sent la rose, un nid vide et ses coquilles brisées, un levraut tapi entre deux mottes, les perdreaux qui trottent pendant que leur mère traîne, le « cat-caillou » d'une caille invisible... que sais-je encore ?

Quel beau livre d'images et qui sert toute la vie !

Dimanches

Tout au long de mes jeunes années, les dimanches s'égrènent, comme au long des chemins les bornes où l'on s'assied pour respirer, relever la tête et reprendre haleine.

Dès la veille, le dimanche s'annonçait. Du champ ou de la vigne, on rentrait à la nuit close, pour que rien ne soit en souffrance, pour n'user point de la permission que donne M. le Curé du haut de la chaire, « quand les biens de la terre sont en péril ».

On allait au lit avec l'espoir d'en sortir moins tôt qu'à l'ordinaire. Seule veillait la maman, pour que celui-ci ait sa blouse neuve et celui-là se chemise blanche : il n'y a point de repos pour les mamans.

Le dimanche commençait comme les autres jours par les soins ordinaires de la maison et des étables, mais dès que la grosse cloche avait sonné le premier coup, c'était dans toutes les maisons le même branle-bas. On habillait d'abord les enfants, pour s'en débarrasser, et cela n'allait pas sans grognements de cheveux tirés ou d'eau trop froide.

Devant le petit miroir, pendu à la fenêtre, le père se rasait. Je revois le bol ébréché, la savonnette, le vieux cuir balafré et ce terrible rasoir qui faisait si mal son office dans un chaume de huit jours. Les maladroits et les prodigues descendaient chez le perruquier, qui était aussi pompier, tambour, vigneron et sabotier. Pour deux sous, on avait le droit de se jucher sur un établi, de prendre une prise, de faire connaissance avec l'esprit du village et enfin, assis sur une escabelle à trois pieds, de sentir une main preste vous refaire des joues neuves. Pauvre père Monnot, si gentil, si gai, semblant ignorer la peine qu'il avait à gagner sa vie ! Je pense parfois en rasant ma barbe grise qu'il toucha, lui le premier, au duvet de mes joues adolescentes et lui promit un bel avenir.

A la dernière sonnerie des cloches mêlées, tout le village, d'en bas et d'en haut, s'en venait vers l'église. Il ne restait au logis que les vieux trop branlants, quelques rares mécréants, quelque laboureur veillant sa vache en gésine.

Le bas de la nef se remplissait de femmes et de filles. Les retardataires se glissaient dans la chapelle Saint-Jacques, *la Jacquère*. Les jeunes mamans restaient à l'entrée, sous les cloches, avec leurs marmots : il fallait pouvoir décamper comme le vent, à la première menace de déluge ou de braillerie. M. le Curé n'aimait pas que des cris aigus ou de gros sanglots vinssent interrompre son prône. A mon humble avis, il avait tort ; les émotions des innocents sont les plus sincères.

Les hommes occupaient le haut de l'église et ses deux bras. Parmi les garçons, il y avait trois espèces : les dévots, graine de chantres et de sacristains, ils arrivaient avant la *Passion* et, leur gros paroissien sous le bras, s'en allaient tout droit à leur place ; les timides et les retardataires poussaient doucement la petite porte ; ils touchaient le bénitier, s'agitaient deux doigts devant le nez et se coulaient dans le premier banc, toujours plein à craquer. Mais les beaux gars, les farauds, les allurés, ils attendaient au grand portail que l'office fût bien en train et toutes les filles à leur place. Alors, ils entraient tous à la fois, ils montaient l'allée en balançant le feutre et en sonnant du talon. Ceux qui jouaient le jeu pour la première fois en restaient cramoisis jusqu'au *Sanctus*.

L'office, simple ou solennel, blanc, vert ou violet, se déroulait immuable en ses variations. C'est le seul temps dont je n'ai jamais su mesurer la durée. Il me semblait monter, monter, jusqu'à un palier d'où il redescendait. Le palier, c'était à peu près quand le curé en chaire « prononçait les prières accoutumées » et y joignait son prône. Je n'ai que peu de souvenirs de ses sermons. Manquait-il d'onction ou d'éloquence ? J'attendais la traditionnelle formule : « ... C'est la grâce que je vous souhaite... » Ici et là, parmi les fidèles, on glissait vers le sommeil ; une femme saluait de brusques décrochements de tête le livre ouvert sur ses genoux ; un homme, le menton au gilet, soufflait un peu trop fort, pendant que son voisin, la tête dans les mains, se plongeait dans un recueillement qui allait loin. Pauvres gens, tués de travail et sevrés de sommeil, debout chaque jour avant quatre heures : ils étaient ivres de fatigue !

Tout le monde se réveillait au pain bénit. La corbeille

passait ; le premier du banc en offrait à ses voisins sur son paroissien ouvert ; la marguillier servait généreusement les petits et gardait le chanteau pour le prochain donateur.

Le « Domine salvum fac... » mettait tout le monde debout, et les dormeurs bien éveillés chantaient plus fort que les autres.

La sortie comptait deux stations, l'une au cimetière et l'autre sur la place. Le cimetière enveloppait l'église ; personne qui n'y eût, sous le tertre ou la dalle, des ombres dont il entendait encore la voix, dont il voyait encore les yeux. Chaque famille avait son coin, sans souci d'ordre et d'alignement ; le cimetière mal clos était un parc à poules. On avait trop à faire avec les vivants pour s'occuper des morts.

A deux pas, sur la place, se tenait une sorte d'assemblée qui mettait les hommes en groupes autour de la fontaine, suivant leur âge, leurs amitiés et leurs affaires. Laboureurs et manouvriers convenaient des prochains travaux ; on se donnait rendez-vous pour l'après-midi ; les jeunes gens se défiaient prudemment à boire et à payer l'apéritif ; on faisait cercle autour d'un beau soldat bleu et rouge, à pompon jaune, venu de Belfort ou d'Épinal.

Les garçons regardaient passer les filles. Elles passaient dans leurs robes vertes, violettes, lilas, sous leurs chapeaux à fleurs, avec leur livre et leurs gants, flanquées de leur mère ou donnant la main à une petite sœur. Elles passaient, raides ou balancées, dignes ou souriantes, hardies ou rougissantes. Chacun et chacune pensaient des choses qu'ils ne disaient pas.

Il y avait là un quart d'heure d'animation joyeuse, dans le plaisir de se retrouver, d'être ensemble, de laisser pour un moment l'esclavage du travail. On se sentait des hommes et un village ; on était comme des soldats à la pause, jetés détendus et riants au revers du fossé.

Peu à peu les groupes se défaisaient et chacun regagnait son logis.

La femme qui l'avait quitté la dernière, avec la clé dans sa poche, y rentrait la première. Elle avait posé le bonnet blanc, le caraco à ganse de velours, repris le tablier de la ménagère. Elle avait ranimé le feu devant les pots et les casseroles. Elle guettait les enfants — les garçons, cela va sans dire — pour enlever leurs beaux habits et les sauver des catastrophes. Le père tirait sa veste, passait un « garde-culotte » de toile bleue et allait à ses bêtes.

On dressait la table. Il n'était pas question de bombance, mais le dimanche, on était moins bousculé ; on avait le temps de s'asseoir, de manger sans regarder sans cesse au ciel ce que disent les nuages et le vent. La maman avait trouvé dans le saloir quelque chose de moins commun que le gros lard : un petit jambon, une épaule, une côtelette échappée aux prodigalités de la Noël. La potée était plus savoureuse ; il s'y ajoutait un dessert de gaufres, de pruneaux, de cerises aigres.

Le dimanche devenait tout doucement le jour du café ! Mais on mesurait bien juste les cuillerées qu'on versait à même le coquemar de terre et cela coulait dans le verre, un peu rousseau. Quel plaisir quand on était jugé assez grand pour en avoir deux doigts, puis « jusqu'aux crans » !

Au début de l'après-midi, pendant que femmes et filles allaient au chapelet, les hommes descendaient vers le jeu de quilles. Ils avaient quitté la veste pour la blouse, qui était courte et de petite laine grise, ou de belle toile bleue brillante, tombant au genou, avec du point d'épine aux pièces d'épaule. Ils faisaient devant la grille aux affiches la petite halte obligatoire et tournaient le coin de la maison commune.

Sur la terrasse plantée de noyers qui servait de cour à l'école, le jeu de quilles allongeait sa cuvette à double talus. A l'entrée, les troncs d'arbres qui arrêtaient les boules et les bancs pour les joueurs ; au fond, un petit mur matelassé de fagots et la place bien nette des neuf boules en quinconce.

Chaque fois que le temps était beau, on voyait arriver le brave père François, le *requilleur*, avec sa brouette grinçante, sa casquette de travers et sa barbiche de chèvre. Il était très sourd, ce qui était une bénédiction et lui permettait de ne pas entendre les quolibets que lui prodiguaient de glorieux imbéciles. Ses quilles plantées, il attendait.

Les joueurs se formaient en équipes égales, après des engagements prudents et très calculés sous leur feinte indifférence. On jouait des sous, et certains y étaient enragés ; mais le plus souvent, il s'agissait de savoir qui paierait à boire.

Le jeu allait, avec ses manches, ses rampeaux et sa belle. La science consistait à lancer la boule de telle sorte que, décrivant une courbe savante le long d'un talus, elle se rabatte dans l'assemblée des quilles. Il fallait voir le joueur, sa blouse rentrée dans la ceinture, ramasser la boule, la soupeser, la tourner, se la caler dans la main, fléchir, se fendre, viser, hésiter et enfin se détendre avec un : han ! de boquillon. Comme il suivait sa boule ! Quels cris, quels commentaires, dans le fracas des quilles !

Chacun avait sa manière et y montrait son caractère bien mieux qu'en causant. Il y avait le brutal et le finaud, l'indécis et le calculateur, l'audacieux et le fantaisiste. Le grognon donnait la comédie et on l'aidait à grogner. Jamais il n'avait tort : c'était la boule qui lui avait échappé, le pied qui lui avait tourné, la quille qui n'était pas à sa place ou ce maudit gravier — il allait le chasser d'une main rageuse ! — qui avait dévié sa boule.

Un jeu fini, l'autre recommençait. Vainqueurs et vaincus s'en allaient de compagnie boire bière ou limonade. Ceux qui avaient bonne cave et bonne femme menaient la bande chez eux, où le vin et la goutte ne coûtent rien. On savait d'avance qui affronterait sa ménagère et qui tirerait vers l'auberge.

Les joueurs n'avaient pas de public plus fidèle, plus passionné que les gamins. Nous étions tous là, assis sur les marches de l'école ou juchés sur la palissade. Nous suivions d'un œil aigu les péripéties du jeu et d'une oreille en alerte les propos des grands. C'était une sorte d'école et nous y apprenions très vite ce que nous aurions pu ignorer encore.

Cependant la cloche des vêpres tintait. Les uns s'en allaient, les autres restaient. Pour nous à l'âge de la première cigarette, de la blouse tirée dans le dos et de la casquette sur la nuque, résister à l'appel de la cloche, c'était un geste de décisive émancipation. Je me souviens du jour où, assis sur le petit banc, je reçus le coup d'œil de la grand-mère, puis celui de la tante, puis celui de la grand-tante, montant vers l'église. Pris entre deux hontes, celle de partir et celle de rester, je choisis la dernière. Il me fallut, le soir, entendre sur mon avenir de bien tristes prédictions !

Bras dessus, bras dessous, les filles s'en allaient par bandes appareillées, à la violette ou au muguet, aux fraises ou aux cerises. Elles tenaient toute la largeur de la route et chantaient : « Je descendis dans mon jardin... » ou « A dix-huit ans je sortais d'une église... » En ce temps-là, point d'autos ; la chaîne ne se rompait que pour laisser passer quelque carriole de beau-père ou de gendre trottant vers un prochain village.

Les garçons allaient aussi par les chemins et par les prés. Et ce n'était pas toujours le hasard qui leur faisait rencontrer les filles. Cela avec assez d'innocence ; il y avait de chaque côté autant de hardiesse que de timidité, à cela près que les filles exagéraient l'une, et l'autre les garçons.

C'était le jour des galanteries sérieuses. Telle fille gardant ses vaches là-bas dans la combe avait la surprise de voir surgit son *bon ami* : « Tiens, te voilà ! — Oh ! que tu m'as fait peur ! » Le soir, le garçon venait veiller chez sa *bonne amie*, causer avec le père, s'offrir à l'examen de la maman. D'autres partaient, la blouse gonflée et la botte sonnante, vers des conquêtes plus lointaines. Ainsi se préparaient les mariages de l'hiver.

Comme ces dimanches me semblaient longs ! L'église en découpait les heures : messe, chapelet, vêpres, complies, prière... et dans chaque intervalle, une clairière de loisir.

Je revois mon père, son gilet de drap noir aux manches de lustrine, sa casquette neuve. Il va voir les blés et les avoines, les arbres et la vigne. D'autres font comme lui, promenant dans la campagne leurs lentes enjambées, leur œil attentif, leurs espoirs et leurs craintes. Au retour, on entend des choses comme : « Les blés se remettent... les sangliers sont venus à la Coudre... il y aura des reinettes sur la Fontaine... les teinturiers commencent à *mêler*... » D'autres hommes abattaient cartes et tarots sur la table de l'auberge ; d'autres enfin, disparus, rattrapaient sur le foin quelques heures de sommeil.

Le dimanche était la journée de la femme et de la maison. Il lui avait fallu, six jours durant, de mars à novembre, se lever avant l'homme, aller aux champs tout comme lui et par surcroît veiller aux repas, à la basse-cour, à la laiterie et aux enfants. Comment avec cette vie soigner ce qu'on appelle le ménage et la maison ? Le temps manquait parfois pour donner un coup de balai ; comment eût-il été question de fourbir, de ranger et d'épousseter ?

Aussi le dimanche était-il le bienvenu pour celles qui n'avaient pas renoncé à leurs espoirs de jeunes filles et qui gardaient l'amour de la maison.

Le mari sorti, les enfants envolés, elles restaient seules. Elles se donnaient le plaisir des cheveux bien peignés, de la coiffe fraîche, des pantoufles de tresse noire.

Elles brossaient et pliaient les vêtements, rangeaient la dernière lessive, se hâtaient aux raccommodages les plus urgents.

C'était le moment où elles pouvaient sortir, aller chez le vieux père tout seul dans sa petite chambre, courir au petit jardin délaissé...

N'est-ce donc rien enfin que de pouvoir une fois par hasard prendre une chaise et s'asseoir dans le *poêle* ou sur le seuil, que de poser sur ses genoux deux mains immobiles, que de s'abandonner aux pensées du passé et de l'avenir, que de redevenir pour un instant la créature humaine oubliant l'impitoyable loi du travail ?

Mon *village* ne connaît plus de dimanches. Le presbytère désert s'affaisse sur le vallon. Un curé qui n'a qu'une jambe, mais trois paroisses, vient en hâte dire une messe hâtive. Depuis trente ans, le père François ne renvoie plus de boules. Garçons et filles ne se promènent plus ; ils s'en vont je ne sais où. Sans doute croient-ils qu'ailleurs est le plaisir, la beauté, le bonheur, tout ce dont nous avons rêvé...

Quand j'entends parler de campagnes arriérées, je ne sais si je dois me fâcher ou sourire. Mais comment faire comprendre et sentir ce qu'on a vécu ? Il y avait alors plus de sociabilité, de véritable civilisation qu'aujourd'hui. Le paysan, si humble qu'il fût, échappait chaque semaine à l'asservissement des choses et redevenait, suivant sa mesure, homme ou enfant, parfois tous les deux. Ce qui éclate et brille, là où beaucoup d'hommes sont rassemblés, peut-il remplacer les lueurs amies qui ont pâli dans nos campagnes, vidées plus qu'à demi de leur substance et de leur âme ?

Autour de l'église

Notre église est sans histoire et sans beauté. Elle dresse, à la place de l'ancienne, dont on ne sait rien, son clocher carré de pierre blanche que coiffe une flèche d'ardoise à huit pans. Voyant pulluler vignerons et laboureurs, le curé qui l'éleva voulait trois nefs ; par prudence et par économie, on ne fit qu'amorcer les bas-côtés. Et maintenant la nef unique est trop grande.

Elle a la limpide clarté des logis pauvres, murs blanchis à la chaux, fenêtres en plein cintre aux verrières claires, autels de stuc plaqués contre les bras de la croix. De la vieille église viennent quelques tableaux naïfs dont la couleur se perd sous la fumée, un saint Roch de pierre montrant sa cuisse, et ces bancs indestructibles où voilà deux siècles nos ancêtres se meurtrissaient déjà les genoux.

L'église se dresse sur la place, face à la fontaine, et pour y entrer on traverse le cimetière, un cimetière dont l'usage séculaire a lentement haussé le sol au-dessus des alentours.

L'enfant que j'étais n'a jamais jugé son église. Elle était l'église, comme le curé était M. le Curé et l'instituteur, M. le Maître.

On m'a baptisé dans la petite chapelle des fonts, verdie et froide ; j'ai tenu mes premiers discours sous les cloches ; la bénédiction des enfants, le jour de Pâques, m'a mené jusqu'à la grille du chœur. Et puis le jour est venu où, ayant passé la tête dans le surplis des clergeons, j'ai servi la messe.

J'arrivais tout courant, aux petits matins d'hiver, mal éveillé, soufflant dans mes doigts. A genoux sur le tapis usé, je faisais les gestes et je disais les répons. Jamais je n'ai mis le nez dans les burettes, mais j'aurais bien dérobé une pincée d'encens, pour en refaire en cachette les lourdes volutes odorantes.

Le salaire était d'un petit sou. De retour à la sacristie — une sacristie qui sentait la cire, la moisissure et le tabac à priser — M. le Curé levait sa soutane et plongeait dans sa culotte grise. Il en tirait un petit sou. Ceux qu'il a oubliés, il me les devrait encore, si ce vieux compte n'était depuis longtemps prescrit.

Jusqu'à douze ans, j'ai appris, récité, lu, chanté tout ce qu'un enfant de chœur peut rencontrer en une année de répons et d'antiennes, d'hymnes et de cantiques, de tristesses et de jubilations. Tout cela dans un latin dont je ne savais pas le premier mot et dont, cependant, certains assemblages sonores, magnifiques ou dansants, suaves ou tragiques, m'enchantaient de nostalgie et de rêve.

J'ai dit ailleurs les images du dimanche, celles de Noël et de Pâques. Il faut pourtant qu'ici je rassemble encore, en signe d'amitié, les plus belles, parmi ces figures que l'année ramenait aux plus beaux mois.

Voici le mois de mai, les autels accablés de lilas, de

pivoines et de lis, la prière alors que le soleil couchant incendie le vitrail, le « Salve Regina... » Hors de l'église nous accueillent l'air chaud, les cris des hirondelles, la pluie douce des fleurs défaites du sycomore.

Voici les Rogations. Tout autour du village, de carrefour en carrefour, de croix en croix, la procession va le long des haies, le long des chemins, du côté des vignes, du côté des champs, du côté des prés. Jeune soleil tout blanc, rosée, fraîcheur glaciale, chants, parfums de terre et d'aubépine.

Le plus beau, c'était la Fête-Dieu et ses reposoirs. Je suis parti trop tôt pour me mêler à ces expéditions de ramée et de roseaux, de mousse et de fleurs, pour échafauder tables et chariots, pour draper et clouer, pour tenir ma partie dans le jeu des garçons et des filles, jusqu'au rustique banquet de la fin. Mais j'ai du moins, et dès que j'ai pu trotter sans trop de risque, jeté des fleurs devant l'Éternel.

Je pourrais dans la vieille maison montrer la place exacte où j'attendais sagement que des mains diligentes eussent fait de moi un ange. Un ange en surplis blanc, avec une couronne de petites roses, une corbeille au col et une splendide ceinture verte dont le ruban, d'abord, avait flotté au chapeau d'un conscrit.

Pendant l'office et la procession, au claquement d'une main sur le livre, au tintement de la clochette, pétales et fleurs montaient dans l'air. C'était à qui en aurait le plus et les plus belles. Comme on enviait ceux dont les jardins avaient des roses, des tulipes, et surtout de ces pivoines de pourpre dont la richesse n'a d'égale que la soyeuse douceur ! On allait, faute de mieux, chercher aux prés les marguerites et les ancolies. Mais sur le tapis du chœur, ma vieille tante me ramassait un tablier de pétales. Ils avaient servi le matin, ils servaient à la vêprée : le bon Dieu ne s'en fâchait point.

Le cimetière enveloppe l'église au couchant ; sous les dalles qui mènent au porche reposent les curés morts. Je sais à peine leurs noms et ce que leur passage a laissé dans la mémoire des vieilles gens.

Le curé Richelin défendait aux filles les « habits à la mode » et proclamait que sans lui « les filles des laboureurs et des vignerons seraient pires que les demoiselles du château ».

Le curé Saupin, vif et prompt, était expert en remèdes. Quand il avait dit : « Allez chercher le médecin », le cas était grave. Il donnait de son catéchisme sur la tête des indociles, mais il courait chez les pauvres, une bouteille de bon vin dans sa poche. Sorcier, il l'était, car on raconte qu'un jour il dit à sa gouvernante et nièce : « Eugénie, le père Colas va venir m'apporter des poires ; tu lui donneras vingt sous, mais je ne veux pas le voir ! » La sonnette dreline et voici l'homme au panier : « Bonjour mademoiselle, j'apporte des poires à M. le Curé. — Merci, père Colas »... et tout se passe comme il faut. Et après : « Mon oncle, vous êtes donc sorcier ? — Non, ma fille, mais ces poires, je venais de le voir les cueillir dans notre jardin. »

Je n'ai connu que le curé Coursaud qui, trente ans durant, dressa dans l'église sa haute et robuste silhouette. Il avait le sang vif, l'humeur prompte et plus de vertu que d'éloquence. En chaque roche plantée dans le vallon, il voyait une preuve du grand déluge, et nos sottises l'irritaient fort. Nous étions, marmots de dix ans, des « suppôts de Voltaire, des disciples de Rousseau » et il nous promettait à l'échafaud. En attendant, il nous calottait fort proprement. Au demeurant un digne homme, qui fendait son bois à tour de bras, pêchait le chevesne et cueillait les mousserons.

Le presbytère était une maison basse, tapie sous le chevet de l'église. Cinq marches disjointes plongeaient dans une cour cernée de feuillages et de fleurs. On allait tout droit à la cuisine et puis il y avait les chambres. Celle de M. le Curé dominait les terrasses du jardin et le vallon. Ces terrasses me paraissaient une merveille : en haut, le potager, les treilles et les fleurs ; au-dessous, les espaliers ; plus bas, une allée de charmille menait au rucher encadré de buis. Une petite porte et c'était la prairie. De notre jardin, je voyais le curé aller et venir, disant son bréviaire, soignant ses ruches, partant la gaule au poing vers la rivière.

Tout cela s'est en allé... Si là-haut, dans le clocher, les heures tintent toujours, si les aiguilles tournent, le presbytère est vide et la sonnette est muette. Sous les frênes qui ont envahi le jardin, les murs se bombent et croulent. Seul s'érige, plus haut chaque année, le grand buis sombre sur le rucher désert.

La fête

Saint Étienne, premier martyr, est notre patron ; sa statue fait face aux hommes, à gauche du chœur. Le saint lève vers le ciel un visage angélique ; il a des chaussons rouges et presse sur son sein les pierres du supplice. Nous eussions dû le fêter à son jour, qui est entre Noël et le Jour de l'An, mais ce temps ne convient guère aux voyages et aux réjouissances. Aussi, nos anciens, tirant au saint leur bonnet, lui ont demandé la permission de l'honorer à la mi-septembre, alors que la moisson est faite, que la vendange achève de mûrir et que l'on n'a d'autre souci que le regain. Saint Étienne n'a pas dit non.

Sur le chemin de l'année, la fête était comme une lumière. Elle brillait dans le lointain, elle s'approchait, passait avec tous ses feux, l'on se retournait pour la voir encore. Pour nous, enfants, elle était joie pure ; aux hommes et aux femmes elle apportait beaucoup de tracas et un peu de contentement. Chacun y prenait ce qu'il aimait : bonne chère, danses, grouillement des rues, vacarme des auberges, familles rassemblées, amis retrouvés.

Que d'affaires pour les ménagères ! Elles voulaient d'abord le grand débarras ; on avait son amour-propre, et la maison, si humble qu'elle fût, se préparait pour les invités. Pavé lavé à grande eau, chasse à la poussière, cuivres fourbis, meubles frottés, rideaux frais aux fenêtres, il y a de quoi occuper mères et filles, sans compter ces garçons qui offrent pêle-mêle tout ce qu'ils ont : bonne volonté et maladresse.

Odorante et chaude, toute une journée l'âme de la maison était en la chambre à four. Le pain à peine sorti, on enfournait les tartes : tartes aux mirabelles et aux quetsches, tartes au vermicelle, au fromage, à la crème, galettes sèches. Mais la grande affaire était la brioche.

Quelle attention pour préparer la pâte ! Farine choisie, œufs et beurre frais, de l'œil, du doigt, de la langue, la maman tâtait, éprouvait. La pâte était-elle assez ferme, assez levée, assez salée ? On rassemblait les tôles et les planchettes, on faisait provision de feuilles de vigne pour les couronnes qu'emportent les invités, pour les brioches longues auxquelles on dit deux mots au sortir du four. Le bec des ciseaux dessinait des festons et trois plumes de poule promenaient la dorure. On enfournait.

Quelle délicieuse odeur quand cela sortait du four, doré, bruni, brillant de couleurs généreuses ! A aucun moment la brioche n'est meilleure. Le boulanger peut venir et essayer de faire aussi bien, non qu'il manque de talent, certes, mais... à quoi bon dire pourquoi ?

La fête était le seul moment où l'on ne regardât pas à manger de la viande, de la vraie viande, qui est bœuf et veau, et non porc ou lapin.

La voiture du boucher n'eût pas suffi ; aussi venait-il dès le vendredi, pour tuer dans une grange. Cela se passait devant un cercle de gamins curieux qui, sans méchanceté, ne songeaient pas à s'émouvoir. Quand les quartiers étaient pendus, que boucher et bouchère avaient mis leur tablier blanc, les femmes arrivaient avec leurs paniers garnis de serviettes. Longuement elles hésitaient, souhaitant que la voisine passe avant elles ; elles repartaient, déhanchées sous l'effort. A peine rentrées, elles s'assuraient qu'on les avait bien servies ; elles mesuraient d'un œil mélancolique le trou fait au porte-monnaie, puis elles se mettaient à saler, à larder, à mariner. La cuisine sentait le poivre, l'échalote, le laurier ; il s'y mêlait des bouffées de pain chaud, des parfums de brioche et de prunes : on ne savait où donner du nez !

Dans chaque famille, on comptait les convives : parents en vacances, cousins et cousines des environs, vieux qui vivent dans une chambre et qu'on ne laisse pas seuls un jour de fête.

Quand les oncles et les tantes s'annonçaient, nous allions « au-devant », sur la route. Expédition singulièrement émouvante, et j'en sais qui se cachaient pour n'y point participer, bouleversés à la fois de désir et de timidité. On suivait le chemin qui, selon les caprices de la colline, monte, tourne, descend, et montre à chaque coude un bout de ruban. Comme on guettait l'horizon ! Après les fausses alertes, c'était eux enfin, les silhouettes reconnues, puis les figures et les sourires. Bonjours, embrassades sur les deux joues, voix retrouvées, paquets et sacs partagés, l'on revenait vers le village.

Ils nous semblaient d'un autre monde, ces parents, avec leurs beaux habits, et la résonance lointaine de leur pays. Ils nous apportaient l'indicible plaisir de l'inconnu et du mystère. Nous n'aurions su ni le penser ni le dire, mais c'est cela qui était dans notre impatience, dans notre crainte, dans les battements de notre cœur.

Les boutiques se posaient au carrefour des cinq rues. Il n'y a pas de fête sans boutiques ; nous en avions plus ou moins, suivant la concurrence des voisins. Les belles fêtes nous amenaient une demi-douzaine de roulottes bleues ou vertes, avec leur chargement de toiles et de lattes.

Devant des badauds de tout âge, les forains plantaient leurs piquets, tendaient les bâches, clouaient l'andrinople sur les tréteaux. Derrière des rideaux agités se préparaient de mystérieux aménagements : il y aurait sûrement un bazar, des jouets, un tir, une loterie. Années mémorables que celles où vint un pauvre manège de chevaux de bois : dents féroces, peinture écaillée ! Il s'installait sur la roche plate, au milieu du carrefour ; mais nous ne sommes jamais allés jusqu'aux balançoires qui font l'orgueil des grandes fêtes.

Les conscrits préparaient le bal. A grand renfort de solives et de plateaux, ils montaient un plancher dans une grange ou sur la place. On juchait les musiciens sur un chariot ou sur une pile de tonneaux : le cornet à pistons, la clarinette et la basse. Le curé n'aimait guère cela, mais il n'allait pas jusqu'à le défendre ; plus rigides étaient ses confrères qui refusaient l'absolution aux filles, après le scandale d'une polka ou l'abomination d'une valse.

Les jeunes gens devaient passer la nuit du samedi sans se coucher et encore la suivante : il fallait montrer qu'on était des gaillards. On allait de l'un chez l'autre, vidant chopine et menant des jeux moins innocents. Oserai-je avouer que j'ai participé à ce joyeux brigandage de tartes dans les fours, de bouteilles dans les caves, et parfois chez nos propres parents ?

Pendant que nous festoyions en quelque réduit, le jour se levait sur la fête.

A la messe, l'église était comble. Chaque maison y menait ses invités et tant de figures inconnues ou retrouvées donnaient des distractions ; les cuisinières restées à leurs casseroles étaient certes plus recueillies que bien des assistants. La sortie provoquait d'innombrables exclamations, poignées de main et embrassades. La joie des retrouvailles brillait dans les yeux et parfois une larme devant les épreuves survenues. Des groupes se formaient qui ne pouvaient se défaire ; en hâte couraient vers leur logis ceux qui avaient des hôtes à recevoir.

Tout le monde s'y mettait. La cuisinière, le tablier aux flancs, s'affairait autour du feu. Les chenets grands ouverts accueillaient la troupe inégale des pots, cocottes et coquelles ; la cuiller allait de l'un à l'autre, goûtant les jus et les sauces : un grain de sel ici, un soupçon de poivre là et ce serait parfait.

Le père, en manches de chemise, allait et venait par la trappe de la cave, alignant les bouteilles. Un aide tournait le moulin à café, un autre tranchait dans la miche ; autour de la table dressée devant le poêle, la petite comptait les assiettes et tirait la nappe.

Petit à petit entraient les convives, attardés aux rencontres de la rue. Vieilles tantes et grands-mères se faufilaient comme des souris. On n'attendait plus que les cousins. Enfin ils étaient là, lui haut et large, avec ses petits yeux bleus et sa bonne figure vermeille de vigneron, ses deux demoiselles souriantes dans leurs toilettes pareilles. On passait à table.

Le protocole était sans rigueur. On mettait les hommes ensemble, ensemble les femmes et les enfants, tout au bout de la table. Pas de bon repas sans bouillon. On commençait donc par le potage au vermicelle ou aux pâtes, coloré et parfumé à point. Le bœuf suivait, avec ses légumes et des cornichons. Venaient ensuite la fricassée de poulet, les petits pois, le rôti et la salade. Le dessert amenait les crèmes, les œufs à la neige, les tartes et, enfin, la brioche.

On mangeait ferme, on buvait sec, on causait de plus en plus fort. C'est qu'on en avait des choses à dire et à se demander ! La plupart des convives ne se voyaient qu'une fois l'an ; chacun à son tour pouvait parler récoltes, maladies, rencontres, voyages, morts et naissances, ennuis et plaisirs. Les verres se remplissaient du vin d'une bonne année ; on trinquait à un avenir qui serait — comme le passé — fait de nuages et de soleil.

Peu à peu, la table se dégarnissait. Impatients de réjouissances, les jeunes s'envolaient ; les ménagères allaient à leur besogne. Il ne restait plus que les gens d'âge, ceux qui sont revenus des plaisirs futiles, qui ne mettent rien au-dessus d'une honnête et paisible digestion, accompagnée de calmes propos et d'une goutte de vieux marc.

Pour nous, nous étions à grouiller sur la place, comme les guêpes attablées aux pains d'épice et aux berlingots. Vers quatre heures, tout le village se trouvait rassemblé dans un brouhaha de voix, d'exclamations, mêlé au claquement des carabines, à la crécelle des loteries, à l'aigre piaulement des trompettes et des baudruches dégonflées, à la *Valse des Roses* moulue par un pauvre orgue de Barbarie.

Chacun allait à ses plaisirs. Chez les marmots, ce n'étaient que doigts poisseux, lécheries de sucres d'orge, poupées, musiques d'un sou. Les garçons tâtaient leur poche devant les fusées, les pétards et les pistolets. Leurs aînés cassaient des pipes et se disputaient le prix de tir, une canne ferrée, comme celle du facteur. Avec ses carafons, ses sucriers, ses verreries multicolores, la loterie attirait les femmes.

L'auberge était bondée. On avait dressé des tables dans la cour. Au-dessus de la cohue des blouses, des vestons noirs et des feutres, le vacarme montait, mêlé aux relents de la bière. A son coin habituel, un vieil homme installait sa roulette, une espèce de cuve en bois, avec une rigole, une boule et dans le fond, des quilles minuscules.

Ce jeu avait ses enragés, comme le tir au canard dans le chemin des chènevières. La misérable bête était attachée par les pattes contre un tas de fagots. On lui tirait dessus à balle avec un Lefaucheux fatigué. A chaque détonation, elle battait désespérément des ailes jusqu'à ce que, pantelante et saignante, un vainqueur ricanant l'emportât.

Il venait des gars des autres villages et ainsi se perpétuaient les vieilles haines et les antiques amitiés. Qui dira pourquoi ceux de G... étaient des amis, ceux de H... ou de N... d'aimables voisins, ceux de R... des indifférents, et ceux d'O... des ennemis jurés ? Ils nous traitaient de païens et nous les traitions d'ivrognes. La querelle était toujours dans l'air. Cela commençait par des frôlements un peu vifs, des rires, des mots qui ne s'adressaient à personne. Cela éclatait sans raison, au bal, à l'auberge : alors se retrouvaient les vieilles injures, les quolibets, les défis. Les âmes sensibles tremblaient... S'il se trouvait dans la bande quelque gaillard violent, quelque irascible nabot, c'était l'empoignade, les blouses déchirées, les yeux au beurre noir...

Le soir ramenait tout le monde à table et la fête durait dans la nuit. Le bal tenait bon le dernier. Qui l'emporterait, des couples infatigables ou des musiciens abreuvés de limonade ? Les *moitiés* succédaient aux *moitiés*, dans l'ordre rituel. De pauvres mamans transies et somnolentes prétendaient veiller jusqu'au bout sur la vertu de leurs filles.

Ces fêtes d'autrefois ne me laissent pas un souvenir sans mélange. Laissons si vous voulez les tourments de la timidité, les malaises de la bonne chère, les souliers trop justes. Il y eut plus grave.

J'avais des sous, ceux des oncles, des cousins, du

parrain ; cela pouvait aller jusqu'à vingt ou trente ! Qu'en faire ? La grande recommandation était de les garder, de ne pas se laisser prendre aux « tire-sous », à tout le moins d'acheter quelque chose qui vous laisse « la pâte au ventre ». Je restais devant les boutiques, palpitant de désirs. Et croiriez-vous que, pacifique et douillet, je ne rêvais que pétards et pistolets ? Alors, je finissais par en avoir plein mes poches ; je me sentais puissant et brave.

Quelle émotion quand, un pétard ou un « crapaud » fiché dans le trou d'un mur, j'en approchais une allumette ! Quelle griserie dans le nuage qui montait, dans l'odeur de la poudre ! Ma vieille tante poussait des cris d'effroi ; dans la cour voisine, le forgeron grondait : cet arsouille n'allait-il pas s'estropier et mettre le feu ? Le dénouement ne tardait guère : mon père justement irrité lâchait quelques paroles brèves sur l'incurable sottise de certains garçons qui pourtant grandissent, et mon arsenal confisqué disparaissait.

On a, l'an passé, démoli un pan de mur dans la cour. Entre deux pierres, j'ai retrouvé un pistolet : cela m'a rajeuni de quarante ans.

Chez l'oncle

Grand, maigre, un peu voûté, avec un nez de priseur dans une barbe noire, des mains noueuses et une voix profonde, l'oncle Fane, maître d'école, venait chez nous chaque année.

Je le trouvais au coin du feu, la petite table ronde tirée contre les genoux, déjeunant de vieux fromage et de vin clair. Je lorgnais le sac noir, le sac aux surprises : livres, images, graines, saucisson de cheval, chocolat... Nous aimions l'oncle Fane ; il nous apportait les échos du monde, bien qu'il fût rempli des plus sombres prophéties sur l'avenir de la France et de la vertu. Mais ce qui, avec sa bonté, me fera l'aimer toute ma vie, c'est la semaine qu'il me donnait chaque année, en septembre.

De village en village, le destin l'avait mené, pour la fin, à trois lieues de chez nous. Imaginez au fond d'un étroit vallon, nichée sous le bord même du plateau, une poignée de maisons autour d'une église. Ce bout du monde a un charme étonnant. Le haut pays de haies et de pierrailles s'effondre subitement en pans de roches d'où jaillissent de toute part des sources vives. Elles descendent en chantant le long des rues, à travers les jardins, pour se rassembler en un ruisseau qui ne tarit pas. Le site n'a pu laisser indifférents les gens de la ville prochaine. Ils se sont partagé le haut du cirque, y ont dessiné terrasses et bosquets autour de solides maisons bourgeoises. Ce ne sont ni parc ni châteaux, mais un aimable désordre de gradins, d'escaliers, de grands arbres et de plantes grimpantes, de serres et de pavillons, et partout, de l'eau.

Les habitants menaient petite vie de laboureurs, de vignerons et, autant qu'ils le pouvaient, de jardiniers. Leurs coteaux abrités du nord attrapaient le moindre rayon de soleil ; l'eau courait en leurs jardins ; aussi leurs femmes, la hotte au dos, s'en allaient-elles dès l'aube au marché de Langres.

La fête était en septembre, huit jours avant la nôtre. L'occasion était belle d'aller chez l'oncle et de le ramener chez nous. On faisait la route à pied et je la trouvais longue, dans mes souliers un peu justes ; mais dès l'arrivée, j'avais la récompense.

Nulle part ailleurs, je n'ai vu telle maison d'école. Assise à mi-pente, avec une clôture de murs et de grilles, elle avait deux cours, l'une haute et l'autre basse, que joignait un escalier. Un perron menait au vestibule, puis de grandes pièces lambrissées, des cabinets et des alcôves ; toute une vieille demeure coiffée d'ardoises et qui avait sans doute été maison de notaire ou d'avocat.

La merveille, c'était le jardin, plus d'un hectare, clos de murs, face au midi, encadré de bosquets d'avelines et de treilles, coupé d'allées, avec trois terrasses de potager et, dans le fond, un grand verger, moitié pré et moitié champ. Le plus récalcitrant y fût devenu jardinier.

La grâce avait depuis longtemps touché l'oncle Fane ; il avait toujours été féru de fleurs, de légumes et de fruits. Mais c'est ici qu'il trouva son paradis. La grande affaire de chaque printemps était la commande des graines, la recherche des nouveautés. Ainsi me furent révélés le quai de la Mégisserie et le nom des Vilmorin ; ainsi les Saint-Fiacre qui n'ont pas de fils, et d'étranges pommes de terre d'un noir violet, aussi délicieuses qu'inquiétantes...

Plus encore que les légumes, il aimait les fleurs. Son vestibule et son école étaient encombrés de géraniums en pot, de fuchsias, de lauriers et de verveines. Chaque allée avait sa bordure fleurie ; c'était en septembre une féerie de zinnias, de scabieuses, de balsamines, de gaillardes, d'immortelles... je m'arrête : vous croiriez que je pille un catalogue. Je ne fais cependant que retrouver, entre cent, les couleurs et les parfums.

Des parfums ! Dès qu'on poussait la grille, on était accueilli par la douceur du réséda ; par les fenêtres, entrait l'héliotrope et, le soir, l'enivrante senteur du tabac blanc.

L'oncle Fane était le créateur et le roi de ce jardin, et jamais roi ne fut moins fainéant. En sabots et demi courbé, il arpentait sans cesse les allées, le panier au bras, l'arrosoir au point, poussant ou tirant sa brouette. Quand il semblait absent, on le trouvait sous son vieux chapeau, accroupi à quelque sarclage, émiettant du fumier, châtrant ses melons, exterminant les limaces. Il n'avait pas de meilleur outil que ses doigts, au grand désespoir de ma tante, mais une prise suffisait à les nettoyer.

Le jardinier ne chantait pas son jardin, mais il en était fier. Il aimait y mener les visiteurs, qui étaient nombreux. On cheminait le long des allées, on se penchait sur les châssis, on ramassait une prune, on admirait le velours pointillé d'une scabieuse nouvelle. Chemin faisant et sans rien dire, l'oncle avait tiré son canif ; près de la porte, à l'heure des compliments, il y avait pour la dame un gros bouquet.

Ce que je faisais chez l'oncle Fane, pendant cette semaine si brève et si longue à la fois ? Je ne saurais le dire en bon ordre ; j'étais trop heureux et je ne puis que rassembler quelques images d'un temps délicieux.

Images du jardin : le long d'une allée, je respire un brin de réséda ; j'ai aux doigts la douceur visqueuse d'une longue fleur de tabac ; chatouillée, une balsamine éclate ; plongé dans un livre, je suis assis sur le banc de pierre, sous les vieux cornouillers tordus ; ma main trouve sans les chercher les fruits tombés qui me mettent dans la bouche leur molle âcreté sucrée...

Images de visites chez le juge, le maire, le conseiller à la Cour, l'officier en retraite ; pour la première fois, je vois des cascatelles, des grottes à stalactites, des charmilles bien taillées, des statues blanches qui s'écaillent, un cèdre du Liban...

Images de l'église, sombre comme une crypte. L'oncle chante au lutrin, un hautbois invisible nasille à la tribune, le vieux curé officie. Il a un gros nez, humeur joviale et tabatière généreuse. A ses moments perdus, il taille dans le bois tendre de naïfs paysages ; il les enlumine de blanc, de bleu et d'ocre, il les prodigue à ses amis. On les suspend au mur, pour qu'il les retrouve.

Images de la table ronde où je découvre de si bonnes choses, car la tante est un cordon bleu et ses petites casseroles embaument...

Images du soir enfin, quand j'ai regagné la petite chambre blanche qui sent le melon mûr et le vieux papier. Ses étagères sont pleines de livres et de revues. A la lueur de ma bougie, je lis, je lis accoudé, jusqu'à ce que mon bras soit une fourmilière, que les yeux me brûlent et que, de la bougie neuve, il ne reste qu'un lumignon.

Tout cela, l'oncle et la tante l'ont quitté pour une petite maison derrière une église. Et puis ils ont quitté la petite maison pour le cimetière. Est-il donc possible que d'autres soient venus prendre leur place dans le village enchanté ? J'y passe parfois, dans un autobus ferraillant. Comme jadis, l'eau court et chante au long des rues, mais au carrefour, je ne veux pas tourner la tête vers la rue montante et la maison au grand jardin. J'ai trop peur que ne s'envole à tout jamais l'image d'autrefois.

La Sœurette

Pour tout le monde, elle était la Sœurette. Il n'y avait pas dix personnes au village pour savoir son nom, qui était Marie.

Quand elle vint au monde, aux environs de 1820, sa mère, qui était ma bisaïeule, dit à son homme : « Il faudrait pourtant lui chercher un nom, à cette petite ! » Et le père de répondre : « Qu'est-ce que tu t'inquiètes ? Appelle-la Marie, comme l'autre. » Ainsi, par la simplicité de son père et la faute de son aînée, elle fut, toute sa vie, la Sœurette.

Est-ce pour mieux mériter son nom qu'elle ne grandit guère et s'arrêta à la taille d'un enfant de douze ans ?

Je l'ai connue vieille et ridée, toute menue dans ses sabots, mais elle avait été jeune et gaie. Il paraît qu'elle n'eut pas moins de dix-sept amoureux. L'un venait, à la veillée, quand on file et qu'on aiguise les *paisseaux*. Il se mettait au coin du feu, il n'ouvrait pas la bouche. L'ardeur du sentiment ne paraissait qu'au va-et-vient de ses mains sur ses genoux. « Il faudra bientôt que tu remettes des pièces à sa culotte », disait le père. Elle ne l'épousa point, ce taciturne, mais cinquante ans plus tard, elle était la seule à lui délier la langue, quand ils voisinaient aux vignes.

Un autre était plus hardi et mieux parlant. « Sœurette, disait-il un jour dans un sentier étroit, il faut que je te *rembrasse*. — Tu n'as pas honte, Clément ! On ne *rembrasse* pas les filles la hotte au dos. » Clément tourne la tête vers le petit mur, passe le bras dans la bretelle... et la Sœurette s'envole !

Il me semble l'avoir toujours connue, toute petite, les yeux gris, les joues colorées, avec un fin réseau de rides, le bonnet blanc ou le chapeau de paille noire, la jupe à gros plis et des mains courtes, aux doigts gonflés et agiles.

Elle n'avait pas songé à se marier, elle était devenue la tante, puis la grand-tante. Elle nous a tous gardés, les uns après les autres, quand les champs réclamaient tous les bras et toutes les heures. Auprès d'elle, nous mangions la soupe, nous disions nos prières, nous égrenions des haricots. Elle nous mouchait de son mouchoir à carreaux rouges, et quand elle nous achetait nos étrennes — une orange et un mouchoir — elle songeait sûrement à nos museaux humides.

Levée avec le jour, elle courait à ses jardins et à ses vignes. Elle ne revenait guère sans rapporter de ces lieux lointains quelque chose pour nous : l'églantine d'une haie, des coquilles de pierre que nous appelons des « poulettes », le premier bouquet de fraises — marié de feuilles et de fleurs — la première branche de groseilles blondes, le premier raisin.

L'église tenait une grande place dans ses soucis ; elle était sacristine et partageait avec la Florence l'honneur d'habiller l'église et d'entretenir les ornements. A elle le soin des nappes et des guipures, des surplis et des chasubles, des robes frangées d'or dont on habille la hampe des statues pour les processions. La veille des fêtes, elle courait le village, en quête de fleurs pour les autels. Elle connaissait les géraniums et les pâquerettes des fenêtres, les aspidistras des chambres, les rosiers du Bengale et la merveille des merveilles : l'arum qui dresse au-dessus de ses palmes un cornet d'ivoire et d'or ! Elle m'emmenait parfois et j'ouvrais de grands yeux devant les placards où les soies et les broderies s'enveloppent de papier fin. S'il était ennuyeux d'attendre, on avait des compensations ; l'église m'a donné de ces trésors qui brillent à travers toute une vie : un ruban fané, des paillettes miroitantes, une frange d'or fin qui se défait en un fil annelé, le raisin de la Vierge, quand on le détache de son poignet…

L'inexorable et candide dévotion de la Sœurette m'a valu bien des tourments. Petit marmot, elle m'asseyait à côté d'elle aux offices. Je les trouvais bien longs et le vieux chêne bien dur. Elle me coulait un œil de coin et, si j'étais sage, me fourrait dans le bec une miette de sucre ou la moitié d'une pastille blanche et rose.

Plus tard, j'étais à quelques bancs devant elle. Ma grosse tête de chanvre dansait et virait au gré de mon ennui et de mes curiosités. La petite toux sèche, dans mon dos, j'étais sans doute le seul à ne pas l'entendre. Quelles indignations, quand nous descendions vers la maison, quels pronostics sur mon avenir, et qu'il était pointu dans mon flanc, le coude de la Sœurette !

Elle habitait la petite maison de son père. Quand le jeune ménage de mes parents eut besoin d'un logis dans le village surpeuplé, elle céda les pièces d'en bas et on lui fit dans le grenier une *chambr'haut* de sapin qui me paraissait le plus magnifique des palais : cheminée peinte en marbre gris, lit à grands rideaux rouges où se promenaient des perroquets, armoires brillantes. Sur la cheminée, une pendule capricieuse, avec un berger doré, et dont on levait prudemment le globe chaque dimanche — des oiseaux de plâtre jaunes et bleus, les chandeliers, un coucou de terre vernissée qu'on emplissait d'eau et qui chantait quand on soufflait par la queue.

Elle tricotait, cousait, ravaudait près de la fenêtre, ses lunettes de fer sur le nez et, sous sa jupe, son couvet dont elle taquinait la cendre avec une pelle de cuivre. Dans les embrasures elle avait accroché la photographie de ses neveux et petits-neveux ; à droite et à gauche « les véritables portraits de N.-S. Jésus-Christ et de la Sainte Vierge, d'après les documents du temps ».

J'ai une vieille image de la tante Sœurette. Elle est debout, les mains jointes sur le ventre, avec son petit caraco à liséré de velours, sa jupe de reps gris, ses escarpins à bouts carrés, noués d'un ruban, son petit col, son grand bonnet tuyauté, un de ces bonnets blancs dont elle repassait les brides chaque samedi, au grand scandale de ma grand-mère qui ne faisait pas tant de façons.

Ces choses duraient toute la vie, car la Sœurette n'était pas riche. Les champs que son père lui avait laissés, elle les loua et ses fermiers ne payèrent jamais le *renterre*. Sa vigne des Lavières — bien nommée — lui donnait plus de groseilles et de haricots que de vin. Ses quelques paniers de raisins allaient dans un baril, qu'elle remplissait d'eau.

Elle gagnait quelques sous en journées d'accolage, de lessive, de houblon ; mais elle ne dépensait que pour son pain, un peu de sucre et de lard, et de la viande quatre fois l'an. Elle vivait de soupes au lait mitonnées, de fèves à l'eau salée dont elle puisait une poignée dans le pot, de salades d'épinards et de cerfeuil, sans huile, de fromages maigres, pareils à de la corne jaune et que, par la faute de ses dents, elle mettait à tremper dans un bol d'eau poivrée.

Avec cela si hospitalière, si respectueuse des usages ! Elle n'eût pu supporter ne pas avoir ses neveux à dîner au Jour de l'An et à Pâques, et toute sa famille à la fête. On avait le bouillon et le bœuf, des haricots blancs au jus et la daube. Pour les biscuits du dessert, elle trouvait encore dans sa cave une bouteille de vin pâli, elle tirait de l'armoire le marc et les *trois-plantes*. On se réjouissait des gobelets anciens, des bols multicolores, des plats craquelés et des assiettes à fleurs. Qu'elle était fière, la pauvre tante, le jour où elle nous fit la surprise d'assiettes blanches ! Elle avait troqué sa vieille faïence d'Aprey contre ces modernes magnificences !

Chère tante Sœurette, toujours égale, toujours contente, qui vécut sans un mot d'amertume et sans une minute d'inquiétude pour elle-même, ne songeant qu'aux autres ! Âme d'enfant qui eut toujours la limpidité de nos sources, qui ne connut ni ne fit le mal et qui, comme nos petites lampes de cuivre, donna sa lumière égale et paisible jusqu'au jour, presque semblable à tous les autres, où — la dernière goutte consumée — elle passa.

Table des matières

Achevé d'imprimer
le 20.7.87
par printer industria
gráfica, s.a.
c.n. II, cuatro caminos, s/n
08620 sant vicenç dels horts barcelona 1987
Depósito Legal B. 810-1987
Pour le compte de
France Loisirs
123, Boulevard de Grenelle
Paris

Numéro d'éditeur: 12830
Dépôt légal: août 1987
Imprimé en Espagne